Mark Brandis
Pandora-Zwischenfall

Weltraumpartisanen
Band 27

Mark Brandis
Pandora-Zwischenfall
*Versuchung
im Weltraum*

Herder Freiburg · Basel · Wien

Einband und Illustration: Robert André

Alle Rechte vorbehalten – Printed in Germany
© Verlag Herder Freiburg im Breisgau 1984
Herstellung: Freiburger Graphische Betriebe 1984
ISBN 3-451-20272-7

Martin Seebeck, ein in West und Ost geachteter Journalist, war einer der ersten, die über den sogenannten Pandora-Zwischenfall berichteten.

Die nüchterne Exaktheit, mit der er die Hintergründe wie auch die biotechnischen Einzelheiten eines Projektes schildert, das noch im September 2088 gefeiert wurde als „der Triumph der Wissenschaft über die Unzulänglichkeit der Schöpfung", ist unübertroffen.

Mit seiner Einwilligung greife ich, um meine Niederschrift über den persönlichen Erlebnisrahmen hinaus zu vervollständigen, auf seinen Report zurück.

M. B.

1.

Gregor Chesterfield lag schwer und schlaff auf meiner Schulter, und sein warmes Blut rann mir über die Hände, mit denen ich ihn hielt. Ich keuchte vor Anstrengung, meine Beine waren schwer wie Blei. Ich bekam es zu spüren, daß ich nicht mehr der Jüngste war. Die doppelte Anstrengung – einen Verwundeten zu tragen, der immer wieder die Besinnung verlor, und zugleich um das Leben zu laufen – trieb mir schwarze Nebel vor die Augen.
Als ich mich in den Aufzug zwängte, war ich zu Tode erschöpft, aber wenn ich nicht aufgeben wollte, mußte ich noch eine Weile durchhalten.
Ich berührte den Knopf mit dem S.
Der Buchstabe stand für *Schleuse*. Durch die Schleuse gelangte man in den zur Plattform gehörenden kleinen Kutter, der zum Antennenziehen benutzt wurde. Mit etwas Glück sollte man damit eine andere Plattform erreichen. Auch der *Ikarus* konnte nicht allzu weit entfernt sein.

Ich konnte nur hoffen, daß sich im Kutter zumindest ein Handbuch befand. Die Flucht war in keiner Weise vorbereitet.

Chesterfield atmete stoßweise. Er benötigte dringend einen Arzt, aber von den Ärzten, die es auf dieser Plattform gab, hatte er keine Hilfe zu erwarten. Die Ärzte standen zu Professor Jago.

Der Aufzug setzte sich mit einem Ruck in Bewegung. Ein Deck nach dem anderen zog vorüber. Ich lehnte mich mit der linken Schulter gegen die Wand. Der Junge murmelte etwas, was ich nicht verstand.

„Ruhig, Gregor", beschwichtigte ich ihn, „es ist gleich überstanden. Ich bringe dich hier raus."

Aber er sagte nichts mehr. Er hatte schon wieder das Bewußtsein verloren.

Der Aufzug war am Ziel. Die Tür fuhr auf. Vor mir lag das Schleusendeck. Es war leer, nirgends ein Mensch zu sehen. Fünfzig Schritt mußte ich noch durchhalten, danach, hinter dem Steuer des Kutters, durfte ich aufatmen.

Ich zwängte mich aus der Kabine und rannte los. Kaum war ich aus dem Aufzug heraus, setzte er sich abwärts in Bewegung.

Ich machte mir nichts vor. Inzwischen war längst Alarm gegeben worden. Das ganze Projekt *Astralid* stand gegen uns. Für den, der sich ihm in den Weg stellte, kannte es kein Erbarmen.

Ich keuchte den Gang entlang, am Treppenhaus vorüber, in dem nur die Notbeleuchtung brannte, der

Schleuse entgegen. Es ging nicht mehr um Minuten, es ging um Sekunden.

Fünfzig Schritte können zur Ewigkeit geraten. Ich taumelte und rang nach Luft. Durch das Oberlicht überschüttete mich der Orion-Nebel mit seinem kalten, unwirklich-gleichgültigen Licht. Nie war mir die Leere des Raumes so sehr bewußt gewesen; ich empfand sie als ungeheuerlich.

Die Erde, jenes flimmernde Pünktchen im goldenen Gesprenkel, war nicht zu sehen, und das bedeutete, daß PANDORA Fahrt aufgenommen hatte, um sich in entlegenen Himmelsräumen eine neue gravitatorische Delle zu suchen: dort, wo sie keine Störung zu gewärtigen brauchte. Das Projekt *Astralid* warf seine moralischen Fesseln ab, es zog seiner Vollendung entgegen.

Als ich bei der Schleuse anlangte, zitterte ich vor Erschöpfung, aber was ich sah, verhieß alsbaldige Erlösung. Durch das geschliffene Bullauge des Lukendeckels blickte ich in das Innere des Kutters, der draußen startklar in den Magneten hing: auf die zerschlissenen Polster und das schmuddelige Steuerpult mit seinen unzähligen Brandflecken, die von den Zigaretten des nikotinsüchtigen Antennenmeisters herrührten. Der Kutter war weiß Gott kein Luxusklipper, aber seitdem ich ihm gelegentlich bei der Arbeit zugesehen hatte, wenn er im unermüdlichen Hin und Her die vom Meteoritenschlag beschädigten Antennen flickte, wußte ich, daß sich hinter seinem ramponierten Äußeren ein kräftiges und gesundes Herz verbarg.

Noch einmal, bevor ich mich in die Polster fallen lassen konnte, galt es, ein halbes Dutzend Schritte zu tun.
Ich legte die Hand auf die Kontaktplatte – und mir war, als geronne mein Blut.
Sie waren mir zuvorgekommen. Sie hatten sofort erraten, daß ich versuchen würde, mich des Raumkutters zu bemächtigen, und darum Vorsorge getroffen.
Die Platte war tot. Ich mochte drücken, so viel ich wollte: Der Impuls sprang nicht über, der Lukendeckel rührte sich nicht.
Der Lukendeckel konnte sich nicht rühren, denn die Klappe des unscheinbaren Transformatorengehäuses stand auf, und um festzustellen, daß darin die Sicherung fehlte, brauchte ich mich nicht erst zu bücken und nachzusehen.
Die Flucht war zu Ende, noch bevor sie richtig begonnen hatte.
Eine Weile stand ich wie gelähmt.
Ich fühlte mich angewidert. Ich fühlte mich müde. Ich fühlte mich verbraucht.
Was ging es mich an, wie die Zukunft unter den Sternen beschaffen war? Nur ein Don Quichotte galoppierte gegen die Windmühlenflügel des Machbaren an.
Der Junge stöhnte und bewegte sich.
Er war noch am Leben, und ohne daß er wußte, was er tat, erinnerte er mich daran, daß ich mir etwas einfallen lassen mußte, wenn ich die Verantwortung, die ich mir in seiner Person aufgebürdet hatte, ernst

nahm. Es ging auch um ihn. Entweder ich ließ mir etwas einfallen, oder wir kapitulierten und ließen den Dingen ihren erbärmlichen Lauf.
Der Junge war wieder einmal zu sich gekommen. Er sprach mit halbwegs normaler Stimme.
„Was ist los, Sir?"
„Sie haben die Schleuse blockiert. Wir sitzen auf PANDORA fest."
„Und was tun wir jetzt?"
„Wir brauchen zunächst einmal ein Versteck. Ich muß Zeit gewinnen."
„Haben Sie schon an Mboya gedacht, Sir?"
„Der Chief?"
„Er steht auf unserer Seite, Sir."
„Selbst wenn er das tut – bis zum Maschinenraum ist es ein weiter Weg."
„Ich werde laufen."
„Das wirst du nicht."
„Aber ..."
Mehr kam von ihm nicht. Erneut schwanden ihm die Sinne. Um ihn am Leben zu erhalten, mußte sich schon ein Wunder ereignen. Aber seine Wunde zu versorgen – das war schon der zweite Schritt. Zuvor mußte ich mich mit meiner Achtzig-Kilo-Last auf den Schultern quer durch die Plattform durchschlagen, zum Unterdeck, in dem Henry Mboya die Stellung hielt: den Maschinenraum. Und auch hierzu war ein Wunder vonnöten.
Mit dem Mut der Verzweiflung raffte ich mich auf. Noch hatte ich keinen bestimmten Plan. Ich benötigte

dringend eine Verschnaufpause, um meine Gedanken zu ordnen.

Hals über Kopf hatte ich die Flucht ergriffen. Auf Verrat war ich nicht vorbereitet gewesen. Ich dachte eben immer noch in den überlieferten menschlichen Kategorien, für die es bald keine Verwendung mehr geben sollte.

Ich wandte der Schleuse mit dem für mich unerreichbar gewordenen Kutter den Rücken zu und rannte zum Aufzug zurück. Auf dem Weg nach oben hatte ich ihn benutzt, und es war gut gegangen. Sie konnten eben nicht überall sein.

Der Aufzugschacht – ich sah es, während mir der Schweiß in die Augen lief – war leer. Aber die erleuchtete Kabine kehrte bereits wieder zurück.

Auf halber Strecke blieb ich taumelnd stehen.

Was immer sie auf meine Spur gebracht haben mochte – sie kamen heran. Über den polierten Decksplatten zeigten sich als erstes die funkelnden Helme mit dem aufgeprägten Großbuchstaben M und der nachgestellten Seriennummer.

Der Umstand, daß ich die Muster gewahrte, bevor sie mich erspähten, verschaffte uns noch einmal eine Galgenfrist.

Die einzige Zuflucht war das halbdunkle Treppenhaus: eine von den rund fünfzig vertikalen Verbindungen, die es aus Gründen der baulichen Sicherheit auf der Plattform gab. Die raumsparende eiserne Wendeltreppe wand sich einer unbekannten Tiefe entgegen.

Der Aufzug hielt. Ich hörte Stimmen und rasche Schritte. Wahrscheinlich kontrollierten sie die Schleuse. Sie ahnten nicht, wie dicht sie mir auf den Fersen waren.

Die Not verlieh mir noch einmal Kraft. Darum bemüht, daß der Junge, der blutend und schlaff auf meine Schulter drückte, nirgendwo anstieß, tastete ich mich die Stufen hinab.

Über mir hallten die Stimmen der Muster.

„Hier sind sie nicht."

„Aber sie sind hier gewesen. Das hier ist frisches Blut."

„Sie sind die Treppe runter!"

„Hinterher!"

Mein Vorsprung war winzig.

Die Bluthunde hatten die Fährte aufgenommen. Ihre polternden Schritte und Zurufe kamen näher. Es ging um das nackte Leben.

Den Mustern in die Hände zu fallen, war gleichbedeutend mit Tod. Professor Jago und sein wissenschaftliches Team hatten ganze Arbeit geleistet. In der Sprache der Menschheit von morgen würden Begriffe wie *Mitleid* oder *Erbarmen* ebenso wenig vorkommen wie *Freundschaft* und *Treue*. Vielleicht würde diese neue Menschheit lebenstüchtiger sein. Die Frage war, ob das den Preis rechtfertigte.

„Gleich haben wir sie!"

„Sie sitzen sowieso in der Falle!"

Die Treppe war zu Ende. Ich stand vor einer feuerhemmenden Stahlwand. Sie gehörte zum nächsttieferen Deck. Je nachdem, wohin der Pfeil wies, erreichte man über den Gang die Fortführung des Niederganges.

Die dröhnenden Schritte und die forschen Stimmen drohten mich einzuholen. Ich drückte die Tür auf. Der Gang war schmal, niedrig und taghell ausgeleuchtet. Das Fauchen der Belüfter war zu hören. Irgendwann am Anfang meiner Lehrtätigkeit auf PANDORA war ich auch in diesen Sektor der Plattform vorgedrungen, in dem die kommunikativen Stränge des Projekts zusammenliefen, doch die damals gewonnenen Eindrücke waren längst verwischt. Der Sektor war mir so gut wie unbekannt.

Ein Aufzug befand sich rechterhand, keine zehn Meter von mir entfernt, doch der Versuchung, die von ihm ausging, mußte ich mich verschließen. Der grüne Pfeil mit dem Treppenhaussymbol – drei Stufen – wies nach links.

Ich wandte mich nach rechts, riß die Aufzugstür auf und schickte die leere Kabine nach unten. Danach rannte ich zum Treppenhaus und betete darum, daß die Muster auf die falsche Spur, die ich soeben gelegt hatte, hereinfielen und ihre Aufmerksamkeit auf die Aufzüge konzentrierten. Vielleicht gewann ich auf diese Weise eine weitere Galgenfrist, aber es war mir klar, daß ich die Intelligenz der Muster nicht unterschätzen durfte.

Sollte es für uns überhaupt eine Chance geben, mußte ich unbedingt Chesterfields Wunde verbinden. Solange der Junge so viel Blut verlor, würde man uns

immer wieder aufspüren. Eine deutlichere Markierung unseres Fluchtweges konnte es nicht geben.
Ein zweiter Pfeil tauchte auf. Er wies in einen rechtwinklig abbiegenden Seitengang. Es war ein Glück, daß Chesterfield plötzlich ins Rutschen geriet, so daß ich stehenblieb, bevor ich um die Ecke bog, um seinen schlaffen Körper fester in den Griff zu bekommen.
Einen Schritt weiter – und ich wäre ihnen direkt in die Arme gelaufen.
„Ich schlage vor, daß wir die Suche systematisieren."
Die Stimme gehörte Professor Jago. „M 92 und M 81 – ihr nehmt euch den *Muttersektor* vor. Die anderen folgen mir zum C-Deck."
Die überstürzte Flucht hatte mich in die Sackgasse geführt. Der Weg zum nächsten Treppenhaus war mir verstellt, und die Bluthunde, die mir auf den Fersen waren, mußten jeden Augenblick durch die Stahltür kommen.
Wenn ich weitereilte, war ich verloren.
Wenn ich zurücklief, war ich verloren.
Und verloren war ich auch, wenn ich stehenblieb.
Mir blieb keine Sekunde mehr, um mich zu entscheiden.
Ich legte die Hand auf die nächstbeste Kontaktplatte, und die Tür sprang auf.
Noch bevor sie ganz geöffnet war, zwängte ich mich hindurch, drehte mich herum und legte die Hand auf die Kontaktplatte *Schließen*. Die Tür fuhr sofort wieder zu.

Im Raum, den ich betreten hatte, war es kühl, die Luft trocken wie in der Wüste. Das nüchterne Licht der Deckenbeleuchtung erhellte ohne den mindesten Versuch zu schmeicheln ein schwarzes, sargförmiges Gebilde.
Irgendwann wurde ich mir bewußt, daß ich mich im Allerheiligsten der Plattform befand. In den Studios wurden die Programme aufgestellt und eingespeist, aber für ihre Übermittlung zum Kometen Cunningham war dieser Kasten zuständig: der *Mutterleib I*.
Das Wunderwerk der modernen Computertechnik entsprach dem ganzen Projekt: Es war die materialisierte Zweckmäßigkeit.
Aber zugleich war der *Mutterleib I* ein idealer Platz, um den Jungen, unter dessen Last ich fast zusammenbrach, für eine Verschnaufpause zu betten.
Die Tür schloß hermetisch. Sie war schalldicht. Was draußen in den Gängen vorging, blieb mir verborgen.
Ich lehnte mit weichen Knien an der Wand und gab meinem Herzen Zeit, zur Ruhe zu kommen. Dann erst sah ich mich um. Es gab noch eine zweite Tür. Wohin sie führte, wußte ich nicht. Die Erkundung mochte warten. Zunächst mußte ich mich um den Jungen kümmern und dafür sorgen, daß er nicht verblutete.
Ich knöpfte das Hemd auf, riß mir das Unterhemd vom Leib und verband damit die klaffende Halswunde. Chesterfield öffnete einmal die Augen und sah mich an. Ich nickte ihm zu.
„Es wird schon wieder werden, Gregor."

Er antwortete nicht. Die Augen fielen ihm zu. Sein Atem ging schwer.
Ich würde ihn wieder tragen müssen. Einstweilen war ich dazu nicht in der Lage. Vielleicht in einer Stunde, vielleicht in zehn Minuten, vielleicht in einer. Aber nicht sofort. Ich stand da, unfähig mich zu rühren, ausgelaugt, zu Tode erschöpft, blickte auf ihn nieder, auf sein wächsernes Gesicht, und versuchte, meine Gedanken zu ordnen.
Entweder es gelang mir, mich durchzuschlagen in den Maschinenraum. Mit Henry Mboyas Unterstützung konnte ich dann einen letzten Versuch unternehmen, dem tollgewordenen Projekt ein Ende zu bereiten.
Oder sie erwischten mich. Dann triumphierte das Projekt – und für den homo sapiens schlug die Stunde seiner Ablösung durch den Astraliden.
Bevor ich den nächsten Schritt tat, mußte ich mir Klarheit verschaffen –: über das, was sich zutrug, ebenso wie darüber, wie es dazu gekommen war.
Es hatte doch nicht erst begonnen, als ich auf PANDORA eintraf.
Begonnen hatte es früher.
Und es war ein vielverheißendes Projekt gewesen, sonst hätte ich mich nicht in seinen Dienst gestellt.
Oder ... ?
Mehr tot als lebendig stand ich vor dem sargförmigen *Mutterleib I,* blickte auf das wächserne Gesicht eines jungen Mannes, der mir lieb und teuer war wie ein eigener Sohn, und suchte den Faden ...

2. *Auszug aus Martin Seebecks „Pandora-Report"*

Dies ist die Geschichte einer gefährlichen Versuchung.
Wann und wo begann die Geschichte? Der Chronist muß zugeben, daß er diese Frage nicht beantworten kann. Sollte er Auskunft erteilen auf die Frage, was denn früher dagewesen sei, das Huhn oder das Ei, stünde er vor dem gleichen Dilemma.
Den Anfang dieser Geschichte in das 20. Jahrhundert zu verlegen, wäre gewiß nicht falsch. Aber täte man das, sähe man sich sofort einer weiteren Frage gegenüber, die lautet: Hat ein solcher Rückgriff in die Vergangenheit Wert und Sinn? Wollte man sich als Chronist einer Methode bedienen, die bei allem, was auf der Welt geschieht, den Anfang sucht, den Ursprung, so würde man zwangsläufig immer wieder bei Adam und Eva landen.
Bleiben wir also getrost in unserer Zeit; beschränken wir uns darauf, den PANDORA-Zwischenfall als abgeschlossene Episode zu sehen, ohne nach der Vorge-

schichte zu fragen (die es gibt), und ohne uns um Nachahmungen zu kümmern (die es geben wird).
Die Geschichte, die nunmehr schon einen Namen hat, trug sich zu im Jahre des Herrn 2088.
Von der Öffentlichkeit kaum beachtet, vollzogen sich in der eisigen Weite des Weltraumes, in den sterilen Laboratorien und Retorten einer privaten Plattform Ereignisse, die darauf hinzielten, den ursprünglichen Schöpfungsplan abzuändern. Und das treibende Element hinter diesen Ereignissen war die menschliche Intelligenz.
Niemand weiß, wohin das alles geführt hätte. Den Chronisten dünkt ein solches Nichtwissen immer noch besser als die Erfahrung.
Die Frage bleibt: Wo beginnen?
Am Anfang war das Wort.
So beginnt die biblische Schöpfungsgeschichte, um deren Korrektur es auf PANDORA letztlich ging.
So wollen auch wir uns dem PANDORA-Zwischenfall nähern über das Wort, genauer gesagt über die Schilderung einer außerordentlichen Tagung der aufsichtführenden Kommission im Konferenz- und Demonstrationsraum der VEGA.
Zu dem, was im Weltraum geschah, fiel die Entscheidung auf der Erde. Sie fiel in Metropolis. Und nur weil das Gesetz es so wollte, wurde sie von Zeit zu Zeit auf ihre Rechtmäßigkeit hin überprüft ...

Falls es so etwas gibt wie absolute Schönheit, dann war sie dies ...:

Vor dem schwarzen Samt der Unendlichkeit vollzog sich ein himmlisches Feuerwerk. Myriaden von Eisklumpen glommen, sprühten und funkelten in allen Farben des Spektrums wie riesige Diamanten.
„Achtung!"
Einen Atemzug später schälte sich aus dem festlichen Reigen schwarz und schattig die steinerne Ebene.
„Der massive Kopf des Planeten Cunningham, so alt wie die Welt. Dieser Film wurde geliefert von der unbemannten Raumsonde *Speculator III* im Sommer 2081 ..."
Die zwölf Menschen, über denen an diesem 8. Septembertag des Jahres 2088 prall und auf beklemmende Weise körperlich die dreidimensionale Filmwiedergabe im Saal stand, hielten den Atem an. Es war, als hätte man sich den Kometen Cunningham ins Haus geholt. Und nun wuchs er einem unaufhaltsam entgegen.
„Gleich kommt das Gelände, auf dem sich heute das Camp *Astralid* erhebt ..."
Die Sonde zog hinweg über eine gläsern wirkende, schwarze Ebene und verharrte dann über einer tafelberggleichen Erhebung, über der in unirdischer Verklärung das vielfarbige Licht einer von unzähligen rotierenden winzigen Diamanten gespiegelten Sonne spielte.
„Hier ist es. Aufnahmen vom Camp *Astralid,* wie es sich heute dem Objektiv einer Kamera präsentiert, kann ich Ihnen leider nicht liefern. Die ausgesandte Sonde ist noch nicht zurückgekehrt."

Die Stimme war kühl, sachlich und doch ganz bei der Sache. Der Mann, zu dem sie gehörte, hatte nur noch einen Arm; er hatte einen guten Namen in der EAAU, in der er nach dem Bürgerkrieg kurzfristig das höchste Staatsamt bekleidet hatte. Als Direktor der VEGA, der halbautonomen Raumfahrtbehörde, zu der sich die ursprünglich reiner Forschung dienende „Venus-Erde-Gesellschaft für Astronautik" entwickelt hatte, war John Harris federführend für die meisten raumtechnischen Errungenschaften und Entwicklungen der Neuzeit.

„Doch nun zunächst die Erklärung, weshalb wir, als wir uns zu dem Projekt entschlossen, unser Augenmerk auf den Kometen Cunningham richteten. Ich bringe sie auf eine einfache Formel, mit der auch der Laie etwas anfangen kann. Also: Da unsere technischen Mittel noch nicht so weit gediehen sind, um uns mit Schiffen zu versorgen, die geeignet sind, realistisch in dem Ozean von Lichtjahren zu navigieren, in dem die Festkörper der Milchstraße wie verstreute Inseln schwimmen, müssen wir, um ernsthaft über unser Sonnensystem hinaus vorzustoßen, uns zum Zweck der Fortbewegung zwangsläufig bereits vorhandener, natürlicher Elemente bedienen."

Bevor Harris die Schlußfolgerung lieferte, legte er eine Pause ein. Mochten die Leute getrost ihren eigenen Kopf gebrauchen! Manchmal war es fast unmöglich zu unterscheiden, wer wen kontrollierte: Diese aufsichtführende Kommission das Projekt – oder das Projekt die Kommission.

„Mit anderen Worten", nahm Harris den Faden wieder auf, bevor sich Unruhe störend bemerkbar machen konnte, „wir benutzen den Kometen Cunningham gewissermaßen als unseren astralen Autobus. Ich denke, Sie haben jetzt zumindest einen Eindruck davon."

Das Filmbild im Konferenzsaal der VEGA erlosch, aber das betroffene Schweigen hielt an, so daß man das Dröhnen der atlantischen Brandung hören konnte, die jenseits des Rampengeländes an den künstlichen Fundamenten der Fünfzig-Millionen-Stadt Metropolis rüttelte.

Bevor Harris weitersprach, ließ er seinen Blick über die ihm zugewandten Gesichter wandern.

Die Kommission tagte in neuer Zusammensetzung.

Dr. Mildrich vertrat als Beauftragter für Wissenschaft und Forschung das Parlament. Vor fünf Jahren hatte der Bürokrat mit dem verkniffenen Mund und den unsteten Augen hinter funkelnden Brillengläsern John Harris einen Kampf auf Leben und Tod um die Eigenständigkeit der VEGA geliefert. Damals noch Staatssekretär, war er über seine unmenschliche Haltung in der Han-Wu-Ti-Affäre gestolpert. Mit seiner Beteiligung an der aufsichtführenden Kommission wollte er sich offenbar eine neue politische Zukunft aufbauen.

Konsul Paul Lapierre, Vorstandsmitglied und Justitiar der Unabhängigen Gesellschaft zur Rettung Raumschiffbrüchiger (UGzRR) war der Sprecher des Astronautenverbandes. Wie er, der noch nie hinter

dem Steuerpult eines Schiffes gesessen hatte, es vermocht hatte, sich delegieren zu lassen, blieb Harris ein Rätsel. Was ihm an Fachwissen abging, ersetzte er durch die untadelige Eleganz seiner Erscheinung.
Und zum ersten Mal war auch die *Weltwacht* in einer vergleichbaren Institution offiziell vertreten. Mit ihren Aktionen gegen die Versonnung des Saturnmondes Titan hatte sie sich endgültig Stimmrecht gesichert. Verkörpert wurde die Weltwacht durch ein zierliches, krausköpfiges Persönchen namens Gerlinde Tuborg. Dem Persönchen eigneten ein rascher, heller Verstand, eine gehörige Portion Sachkenntnis und eine unbestechliche eigene Meinung.
Über die anderen Mitglieder der Kommission, vier ehrenwerte Damen und fünf betagte Herren, gab es nicht viel zu sagen. Sie repräsentierten die Öffentlichkeit und blieben den meisten Sitzungen fern. In gewisser Weise wurden sie nun vor vollendete Tatsachen gestellt.
Auf die eingangs gestellte Frage, wer sich mit dem zugestellten Informationsmaterial vertraut gemacht hätte, war eine einzige Hand in die Höhe gegangen: die des Persönchens.
Harris hatte genug gesehen. Er blickte auf seine Notizen und fuhr den nächsten Film ab.
„Wie schon gesagt, wir besitzen keine authentischen Aufnahmen vom Camp *Astralid,* das mittlerweile auf dem Cunningham-Kometen errichtet worden ist. Dieser Trickfilm freilich enthält alle wissenswerten Informationen ..."

Der Trickfilm zeigte im Zeitraffer die Landung des unbemannten Raumfrachters *Kolumbus* nach mehr als zweijähriger Reise auf dem Kopf des Kometen. Die Illusion des Dabeiseins war perfekt.
Staub wallte auf, als der Frachter aufsetzte. Ihm entstieg ein Dutzend Arbeitsroboter vom Typ *Engineer*. Unter ihren Greifern begann aus mitgeführten Bauelementen ein zeltförmiges Gebäude zu wachsen.
„Der Mittelpunkt des Camps", erläuterte Harris, „die Retorte. Die Roboter sind nur für die Montage zuständig, alles weitere übernimmt dann der Computer: die genetische Zusammenstellung als auch die Zeugung und Aufzucht ..."
Der Trickfilm zeigte eine weitere Phase der Vorgänge auf dem Kometkopf. Versiegelte Gefäße aus blinkendem Chromstahl wurden entladen.
„Ohne die Absicht, Professor Pallasch, der zusammen mit seinem Kollegen Professsor Jago für die biotechnische Seite des Projekts verantwortlich zeichnet, vorgreifen zu wollen", bemerkte Harris, „will ich an dieser Stelle nur zur Kenntnis bringen, daß hier die sogenannte humane Ursuppe transportiert wird, komprimiertes Leben mit den noch nicht zusammengesetzten Grundelementen des neuen Menschen, des Astraliden ... Wir werden gleich erfahren, wie aus dieser Ursuppe der neue Mensch entsteht, eben der Astralid, dessen Bestimmung es sein wird, das Banner des Menschengeschlechts in die fernsten Zonen des Himmels zu tragen und Schritt um Schritt von der Milchstraße Besitz zu ergreifen ..."

Als im Saal die Lichter wieder angingen, hatte John Harris seinen Platz am Rednerpult abgetreten an Professor Egon Pallasch, den Rektor der Kosmos-Universität.

Die Kosmos-Universität in Metropolis, eine der rund 90 von der Pan Develop, Inc., in den drei Kontinenten der Europäisch-Amerikanisch-Afrikanischen Union (EAAU) ins Leben gerufenen und geförderten Hochschulen, bedarf keiner Vorstellung. In diesem Jahr 2088 unterrichteten an ihr vier Nobelpreisträger für Medizin, drei Nobelpreisträger für Chemie und fünf Nobelpreisträger für Physik. Auf dem Gebiet der Astrophysik und der allgemeinen Astronomie hatte sie das Wissen um viele grundlegende Erkenntnisse erweitert, auf dem Gebiet der Biotechnik galt sie als bahnbrechend.

Professor Pallasch, der die Kosmos-Universität seit über einem Jahrzehnt leitete, groß, schlank, hager, ein kompromißloser Wissenschaftler, war zugleich einer der Hauptaktionäre der Muttergesellschaft, der erwähnten Pan Develop, Inc., die um diese Zeit das größte private, mit Gewinn arbeitende Forschungs-Produktions-Kombinat darstellte.

„Warum Astraliden?" Professor Pallasch warf die Frage mit routinierter Lässigkeit in den Raum – um sie gleich darauf selbst wieder aufzufangen und zu beantworten. „Meine Damen und Herren, ich weiß, daß Sie mich nicht mißverstehen, wenn ich rundheraus konstatiere: der homo sapiens, so wie er sich auf dem Planeten Erde herangebildet hat, ist ein Versa-

ger." Die schlanke Hand des Professors fuhr in die Höhe, um für das, was es zu sagen gab, absolutes Gehör zu erheischen. „Gewiß, der Medizin ist es gelungen, das Durchschnittsalter des homo sapiens auf neunzig Jahre zu steigern. Das hört sich gewaltig an: neunzig Jahre! In Wirklichkeit hört der Mensch mit rund siebzig Jahren auf, produktiv zu sein, was danach kommt, ist nicht der Rede wert. Aber was sind schon siebzig Jahre angesichts von Entfernungen, deren kleinste Maßeinheit das Lichtjahr darstellt ..."
Professor Pallasch schnippte mit den Fingern, und auf der gläsernen Projektionswand erschien die erste Einblendung.
„Das, was Sie jetzt sehen, ist eine Fotomontage der Milchstraße. Wollen Sie nachzählen, aus wie vielen Sternen sie besteht?" Professor Pallasch winkte ab. „Versuchen Sie's gar nicht erst! Ihr Leben wäre zu kurz. Die Milchstraße, das sind 200 Milliarden Sterne. Oder auch, um wieder zum Stichwort Astraliden zu kommen, zweihundert Milliarden mal terra incognita, unerforschtes Niemandsland ..."
Professor Pallasch war ein geschulter Redner. Er ließ seine letzten Worte wirken als lockende Verheißung. Was sie an Visionen heraufbeschworen, war nicht mehr und nicht weniger als der uralte Traum vom Aufbruch zu neuen Ufern, vom Sieg der unermüdlichen menschlichen Intelligenz über die erniedrigende Gesetzmäßigkeit der Physik, die den Menschen an die Erde kettete, und wenn nicht an die Erde, dann doch an die bewohnbar gemachten Planeten.

„Warum ergreifen wir davon nicht Besitz? Die Antwort auf diese Frage ist fast peinlich. Das Leben des homo sapiens ist zu kurz. Selbst, wenn es sich verlängern ließe – der Mensch bliebe, wie er ist: furchtsam, anfällig, abergläubisch – kurz, ein Versager."
Falls Professor Pallasch sich mit der Absicht trug, die Kommission in den Bann seiner Ausführungen zu schlagen und aus ihr einen atemlos lauschenden Zuhörer zu machen, so hatte er sich verrechnet.
Dr. Mildrich sah demonstrativ auf die Uhr, seufzte vernehmlich und wandte dem Sprecher seine funkelnden Brillengläser zu.
„Wirklich sehr interessant, Professor, diese Einführung! Andererseits bin ich ein Mensch, der von einem Termin zum andern hetzt. Was für mich zählt, sind Ergebnisse, ist der Stand der Dinge!"
Professor Pallasch wischte den Einwand mit einer Handbewegung weg.
„Zum Stand der Dinge komme ich sofort. Zunächst jedoch mußte herausgestellt werden, weshalb wir dieses Projekt in Angriff genommen haben, das in seinen Ausmaßen, in seiner kosmischen Dimension alles übertrifft, was es bisher an Vergleichbarem gegeben hat. Unser Ziel ist die Eroberung und Besiedelung der Milchstraße durch den neuen Menschen, den wir im Unterschied zum herkömmlichen homo sapiens den Astraliden nennen."
„Und was, Professor, sind die Vorzüge dieses Astraliden?"

Die Stimme, fest und klar, gehörte dem Persönchen. Gerlinde Tuborg war aufgestanden, um sich unübersehbar Gehör zu verschaffen.
Professor Pallasch runzelte die Stirn, hielt es dann aber doch für angebracht, sie wieder zu glätten. Sich mit einem Mitglied der aufsichtführenden Kommission zu überwerfen, war unklug.
„Die Vorzüge des Astraliden, Miss Tuborg, sind derart sensationell, daß selbst ein nüchterner Wissenschaftler wie ich darüber ins Schwärmen gerät. Zunächst einmal dies: Der Astralid benötigt keine aufwendige Kindheit, um zu einem verwendungsfähigen Individuum heranzureifen. Dreihundertundzwanzig Tage, nachdem er die Retorte verlassen hat, ist er, wie wir es nennen, gebrauchsmündig ..."
Im Hintergrund ließ sich erstauntes Tuscheln vernehmen. Zum ersten Mal war eine konkrete Zahl genannt worden. Mit einem leichten Heben der Hand erbat sich Professor Pallasch Ruhe.
„Ein weiterer Vorzug des Astraliden ist seine extreme Langlebigkeit. Wir gehen davon aus, daß ein Durchschnittsalter von etwa tausend Jahren durchaus im Bereich unserer Möglichkeiten liegt ..."
„Was heißt: Sie gehen davon aus? Wer ausgeht, so verstehe ich das, ist noch nicht am Ziel."
Das Persönchen war lästig. Professor Pallasch setzte ein gequältes Lächeln auf, das seine Verärgerung zudecken sollte. In seinen Augen war die ganze Weltwacht ein Verein lästiger Querulanten, die sich dem Fortschritt in den Weg stellten. Aber statt diese Leute

dorthin zu schaffen, wohin sie gehörten, ins Irrenhaus, öffnete man ihnen neuerdings sogar die aufsichtführenden Kommissionen.

„Das heißt", erwiderte Professor Pallasch mit aller gebührenden Zurückhaltung, „daß an diesem Punkt noch gearbeitet wird. Die ersten Versuchsreihen haben unsere Erwartungen nicht erfüllt. Das rasche Wachstum herbeizuführen, war kein Problem. Die Schwierigkeit setzte erst ein, als es darum ging, aus der biologischen Kurve eine aufsteigende Gerade zu machen. Sie verstehen?"

„Nein", sagte Gerlinde Tuborg. „Aber ich kann mir vorstellen, daß das sich auch anders ausdrücken läßt, verständlicher – das mit der biologischen Geraden."

Professor Pallasch bemühte sich weiter darum, ein freundliches Gesicht zu machen.

„Was Professor Jago, dem Projektleiter, meinem sehr verehrten Kollegen, immer wieder zu schaffen machte, war der Umstand, daß auf den beschleunigten Reifungsprozeß übergangslos rapide Alterung folgte, mit allen Verfallserscheinungen. Erst bei der achtziger und neunziger Reihe ist es uns gelungen, das Problem in den Griff zu bekommen ..."

Bei den letzten Worten hatte Professor Pallasch seiner Stimme jenen vibrierenden Klang verliehen, der bei aller gebührenden Höflichkeit zum Ausdruck brachte, man möge seine Geduld nicht überstrapazieren.

„Unser aktuelles Arbeitsmaterial besteht aus vierzehn einwandfreien Mustern, neun Männern und fünf

Frauen ... Doch indem ich ihnen das auseinandersetze, kommen wir vom eigentlichen Thema immer mehr ab, Miss Tuborg. Ihr ursprüngliches Interesse galt den Vorzügen des Astraliden ..."
„Sie haben sie mir genannt."
„Nicht alle. Durchaus nicht alle. Der Astralid ist ein reines Intelligenzwesen. Seine Phantasie ist auf Zweckmäßigkeit ausgerichtet. Vielleicht wird er keine Sinfonien komponieren, dafür aber stets bestens wissen, wie man überlebt. Er kennt keine Furcht. Und er ist – ein Umstand, der seine physische Verwendungsfähigkeit enorm steigert – völlig schmerzunempfindlich ..."
Das Persönchen war immer noch nicht zufriedengestellt. Professor Pallasch sah es mit wachsendem Verdruß.
„Und wie, Professor", erkundigte sich die Vertreterin der Weltwacht, „wurde das erreicht?"
Professor Pallaschs gepflegte Hände verkrampften sich. Wer war er, daß er diesem impertinenten Frauenzimmer gehorsam Rede und Antwort stehen mußte?
„Das wurde erreicht", erteilte er widerwillig Auskunft, „durch gezielte Eingriffe in das genetische Material. Wir haben die Bausteine auseinandergenommen, von allem Überflüssigen befreit und dann in veränderter Reihenfolge wieder zusammengestellt. Das Produkt ist der Astralid. Aber diese Details sind letztlich kein Thema für die Kommission ..."
Für Dr. Mildrich, den Parlamentarischen Beauftrag-

ten für Wissenschaft und Forschung, war das das Stichwort, sich erneut bemerkbar zu machen. Er pflichtete Professor Pallasch bei.
„So ist es! Wo käme die Kommission hin, wenn sie sich jeden einzelnen Schritt erklären ließe." Und an das Persönchen gewandt, fügte er hinzu: „Bitte, wir wollen vorankommen! Es geht wirklich nicht an, daß Sie uns alle aufhalten."
Bei aller Höflichkeit, deren sich Dr. Mildrich der Vertreterin der Weltwacht gegenüber befleißigte, lag in seiner Stimme doch der autoritäre Unterton eines Mannes, der sehr unangenehm werden kann.
Professor Pallasch dankte für die Schützenhilfe mit einer angedeuteten Verneigung. Dieser ehemalige Staatssekretär mit seinem blasierten Desinteresse war ihm tausendmal lieber als das lästige Frauenzimmer mit seinen Weltwacht-Ideen.
„Angesichts der fortgeschrittenen Zeit, meine Damen und Herren", fing er geschickt den ihm zugeworfenen Ball auf, „sollten wir in der Tat bei der Sache bleiben. Ich möchte Ihnen jetzt die Plattform vorstellen, die, von Professor Jago – ich nannte ihn schon – geleitet, die Kernzelle des Projektes darstellt." Professor Pallasch überzeugte sich mit einem raschen Seitenblick, daß sich Gerlinde Tuborg wieder gesetzt hatte; er unterdrückte einen Seufzer der Erleichterung. „Die Plattform beherbergt sowohl den Basiscomputer *Mutterleib I* als auch die vierzehn für tauglich befundenen Muster der besagten achtziger und neunziger Reihe ..."

Im Saal war es erneut dunkel geworden. Auf der Projektionswand erschienen die ersten Bilder einer mobilen Raumplattform vom Typ *Spaviator*.

„Unsere Raumstation PANDORA", erläuterte Professor Pallasch. „Der Name steht für die ‚Pan Develop, Inc.', die den biotechnischen Teil des Projekts *Astralid* bestreitet, und für die VEGA-Tochter ‚Orbital Research Activitees', kurz ORA, die verantwortlich zeichnet für den astrotechnischen Teil der Zusammenarbeit. Aber das nur nebenbei ..."

Der Film zeigte die Arbeit der Wissenschaftler auf der Plattform. Professor Pallasch lieferte zu den stummen Bildern die Erklärungen.

„In gewisser Weise", sagte er, „stellt PANDORA – Sie werden es gleich sehen – die Urmutter der Astraliden dar. Hier entstehen die *Muster*."

Der Zeugungsakt des Astraliden war ein computergesteuerter Vorgang im Labor und blieb dem Blick des Betrachters verborgen. Sobald er vollzogen war, nahmen die Armaturen des geschlossenen Behälters, in dem der Astralid heranreifte, ihre Tätigkeit auf. Neunzehn Tage später erfolgte der Ausstoß.

„Auch das weitere Wachstum erfolgt unter wissenschaftlicher Aufsicht ..."

Eine rasche Bilderfolge dokumentierte die Phasen des Wachstums am Beispiel eines ausgewählten Astraliden.

Mit siebzehn Tagen war der neue Mensch so weit herangewachsen, daß er seine ersten Schritte tun konnte.

Im Alter von 35 Tagen betrug seine Körpergröße schon 0.65 Meter, und er konnte sprechen.
An seinem 90. Lebenstag war er zu einem kräftigen Burschen herangewachsen, der fortan täglich zehn Stunden in der Lernbox verbrachte.
„Damit keine Mißverständnisse entstehen", betonte Professor Pallasch, „das, was ich Ihnen hier vorführe, meine Damen und Herren, sind die *Muster*. Ihre Duplikate, die sogenannten *Zwillinge*, befinden sich auf dem Cunningham. Das dort installierte Labor gleicht dem, das ich Ihnen gerade gezeigt habe, wie ein Ei dem anderen. Mit einer unwesentlichen Zeitverzögerung reproduziert es jeden unserer Arbeitsgänge. Die *Zwillinge* sind das angestrebte Endprodukt. Zur gegebenen Zeit nabeln wir sie ab, so daß sie als selbständige Individuen weiterexistieren und nun ihrerseits neue Astraliden zeugen können, während sie der Komet tiefer und tiefer in die Unendlichkeit der Milchstraße hineinträgt ..."
Mit 320 Tagen war das *Muster* ein ausgewachsener junger Mann von 1.86 Meter Körpergröße, 73 Kilo schwer, und, wie Pallasch es nannte, „gebrauchsmündig".
Vor ihm lag das Studium, ein Vierteljahr komprimierten Lernens, diesmal im ICP.
„Die Abkürzung steht für *Intelligence Center Positiv*", klärte Professor Pallasch die Kommissionsmitglieder auf. „Das Gegenstück dazu, das *Intelligence Center Negativ*, kurz ICN, befindet sich im Camp Astralid. Der funkkommunikative Zusammenschluß der Basis-

computer *Mutterleib I* auf PANDORA und *Mutterleib II* auf dem Cunningham ermöglicht es, den Lernprozeß vom *Muster* auf seinen *Zwilling* zu übertragen, ohne daß der Ausbilder mit letzterem in persönlichen Kontakt zu treten braucht."
Der Film über die Raumstation PANDORA endete mit einem Porträt des Hausherrn, Professor Arved Jago, eines asketisch wirkenden Mittvierzigers.
Es war überstanden. Professor Pallasch hatte seiner Pflicht, die aufsichtführende Kommission auf dem laufenden zu halten, wieder einmal Genüge getan. Er wischte sich mit einem blütenweißen Seidentuch über die Stirn und sprach die Schlußfloskel:
„Es gibt keine Geheimnisse vor Ihnen, meine Damen und Herren. Unsere Karten liegen auf dem Tisch. Ich bin zuversichtlich, daß Sie dem Projekt *Astralid* Ihre Zustimmung auch künftig nicht verweigern werden."
Dr. Mildrich, damit beschäftigt, seine Aufzeichnungen einzuräumen, blickte kurz auf.
„Bei allen Ihren Ausführungen, Professor", stellte er säuerlich fest, „vermisse ich den politischen Aspekt. So wie ich das sehe, festigt das Projekt unsere Position gegenüber den Vereinigten Orientalischen Republiken. Ich werde mir erlauben, in meinem Bericht an das Parlament diesen Gesichtspunkt hervorzuheben. Vielleicht überlegen Sie, wen Sie als Ausbilder ins Auge fassen ..."
Die Antwort kam aus dem Munde des einarmigen VEGA-Direktors John Harris, der sich, nachdem er

die einführenden Worte gesprochen hatte, bis jetzt im Hintergrund gehalten hatte.

„Der Ausbilder wurde bereits ernannt, Dr. Mildrich. Mit Rücksicht darauf, daß das ICP gestandene Astronauten und keine Parteiredner heranbilden soll, haben wir für das erste Quartal einen unserer erfahrensten Raumfahrer verpflichtet, den Ersten Vormann der Unabhängigen Gesellschaft zur Rettung Raumschiffbrüchiger, Commander Mark Brandis. Er müßte in der Zwischenzeit auf PANDORA bereits eingetroffen sein."

Dr. Mildrich warf Lapierre einen fragenden Blick zu, und der Konsul schluckte und nickte.

„Es mag sein, daß es voreilig gewesen ist", bemerkte er, „aber so ist nun einmal beschlossen worden. Die UGzRR hat Commander Brandis für die Dauer von drei Monaten beurlaubt."

Dr. Mildrich runzelte die Stirn. Es war kein Geheimnis, daß er seit der *Han-Wu-Ti*-Affäre auf den Commander schlecht zu sprechen war. Offen Kritik zu üben, schien ihm freilich nicht angebracht zu sein. Er sagte:

„Also gut. Stimmen wir ab, und machen wir Schluß. Ich habe noch einen weiteren Termin."

Das Abstimmungsergebnis dieser Sitzung war keine Überraschung. Zehn Kommissionsmitglieder stimmten für die Fortführung des Projekts, ein Mitglied enthielt sich der Stimme, und die Vertreterin der Weltwacht, Gerlinde Tuborg, stimmte erwartungsgemäß dagegen.

3.

Am funkkommunikativen Zusammenschluß der Computer wurde noch gearbeitet, als mich das Kurierschiff der ORA, das ich siebzehn Tage zuvor in Las Lunas bestiegen hatte, auf der asymmetrischen Plattform absetzte, die um diese Zeit in einer gravitatorischen Delle des Planetoiden-Gürtels geparkt war, in einem Raumgebiet mithin, das für das reibungslose Zusammenwirken der beiden Computer über eine sich unablässig vergrößernde Entfernung hinweg ideale Bedingungen lieferte.

Um diese Zeit hatte der Planet Cunningham, der astrale Autobus, den Punkt seiner engsten Annäherung an den Planeten Erde bereits passiert und erneut Kurs genommen auf die unerforschten Tiefen der Milchstraße. Der Tag, an dem die Verbindung zu *Mutterleib II,* der Keimzelle der neuen Menschheit, abreißen würde, zeichnete sich ab. Ein Vierteljahr der Ausbildung mußte genügen.

PANDORA war eine Raumstation jener mobilen Art, wie sie neuerdings von der Strategischen Raumflotte bevorzugt wurde. Mit eigenem Antrieb ausgestattet, war sie in der Lage, ihre Position im All, je nach Bedarf, selbständig zu verändern. Die Geschwindigkeit, die diese sogenannten Spaviatoren dabei erreichten, war beträchtlich.

Die erste Zeit nutzte ich, um mich mit dem Leben und Treiben vertraut zu machen, das, über drei Decks verteilt, die Plattform wie eine Miniaturausgabe der weltberühmten Kosmos-Universität erscheinen ließ. Das Projekt, das mit meiner Unterstützung in die letzte Phase eintreten sollte, die die Ausbildung der *Zwillinge* auf dem Cunningham über die *Muster* auf PANDORA zu beschlagenen Astronauten vorsah, hielt alle in Atem. Unter der Aufsicht von Professor Jago, der mich kurz willkommen geheißen hatte, wurden die Muster in strengster Abgeschiedenheit einer letzten Kontrolle unterzogen.

Als ich sie endlich zu sehen bekam, war ich auf das angenehmste überrascht. Das geschah in der Frühe des 9. Septembers, meines ersten Arbeitstages.

Auf dem Weg zur Messe verlief ich mich im Labyrinth der Gänge und stand plötzlich vor der sogenannten Mensa, in der die *Muster,* von uns gewöhnlichen Sterblichen strikt getrennt, ihr Frühstück einnahmen, den Morgentrunk, in dem bereits alle Aufbaustoffe enthalten waren, die der menschliche Organismus für einen Vierundzwanzigstundenzyklus benötigt. Die Tür zur Mensa stand auf, und das Bild, das sich mir bot, war wohltuend normal.

Dr. Julius Benzinger, der lässig am Rezeptator lehnte

und die Zusammensetzung des Becherinhalts regelte, wozu er gelegentlich einen Blick auf die vor ihm liegende Tabelle warf, gab sich im Umgang mit den Mustern völlig unautoritär. Er scherzte und lachte mit ihnen und drohte auch mal mit dem Finger.
Der kurzsichtige Schwabe mit den dicken Augengläsern war einer der jüngsten wissenschaftlichen Mitarbeiter auf PANDORA und der Leiter der Fachgruppe Biochemie. Als er mich in der Tür stehen sah, winkte er mir fröhlich zu, und die Gesichter der Muster fuhren herum.
Ich ergriff die Gelegenheit beim Schopf, um mich vorzustellen.
„Wir werden später miteinander zu tun haben", sagte ich. „Ich bin Ihr Ausbilder. Doch lassen Sie sich nur nicht beim Frühstück stören."
Die Antwort bestand aus einem vielstimmigen „Guten Morgen, Sir."
In der wissenschaftlichen Einordnung waren die vierzehn jungen Menschen in der Mensa *Muster*. Man hatte sie erschaffen, um dem Cunningham-Computer *Mutterleib II* die erforderlichen Informationen für die Zeugung und Betreuung gleichartiger Zwillinge zu liefern. Sobald diese raumtüchtig genug waren, um abgenabelt und in die Selbständigkeit entlassen zu werden, war die Aufgabe der Muster praktisch erfüllt. Über ihre weitere Verwendung war noch nicht entschieden worden; vielleicht würde man sie auf dem Uranus ansiedeln.
Die Muster erkannte man auf Anhieb am Helm, den

sie Tag und Nacht trugen, eine speziell für dieses eine Projekt entwickelte, mit Sensoren ausgestattete Haube zum Messen der Gehirnströme und für die impulsschnelle Weiterleitung der Meßwerte an den Basiscomputer. Hinter dem aufgeprägten Großbuchstaben M auf der Stirnseite des Helmes war die jeweilige Seriennummer vermerkt.

Doch Helm, Kennzeichnung und den ganzen wissenschaftlichen Hintergrund vergaß man sofort, sobald man in die frischen, fröhlichen Gesichter sah. Der Astralid, der einmal die Milchstraße bevölkern sollte – hochgewachsen, schlank, sportlich – stellte die Vervollkommnung des klassischen Schönheitsideals dar.

Hinter mir bemerkte eine Frauenstimme: „Machen Sie sich mit Ihren Pilotenanwärtern bekannt, Sir? Sie werden Ihre Freude an dem Völkchen haben. Es ist wißbegierig – und es ist hochgradig intelligent."

Ich wandte mich um.

Sie stand neben mir und lachte mich an. Sie hatte helle, kluge Augen, kurzgeschnittenes schwarzes Haar und trug einen gestärkten weißen Kittel. Sie sah so jung und unbekümmert aus, als käme sie frisch von der Universität. Aber ihr Händedruck war fest und knapp wie der eines Mannes. Sie gefiel mir.

„Ich bin Olga Orlow, Doktor Benzingers Assistentin."

„Biochemikerin?"

„Und Ihre Kollegin, Sir. Ich sorge für die leibliche Nahrung der Muster, Sie für die geistige. Wann beginnt der Unterricht?"

„Ich habe die erste Stunde angesetzt für acht Uhr. Bis dahin sollte dieses originelle Frühstück wohl beendet sein. Woraus besteht es eigentlich?"
„Aus einem Konzentrat, Sir. Professor Jago hat es sich zum Ziel gesetzt, den Tagesablauf der Astraliden von überflüssigen Funktionen zu befreien. Er ist der Ansicht, daß der Astralid sich wichtigeren Aufgaben zu widmen hat als der Nahrungsaufnahme. Ein Becher Kompaktnahrung tritt an die Stelle von drei zeitaufwendigen Mahlzeiten."
Ich schüttelte mich.
„Und es kommen keine Beschwerden wegen entgangener Lebensfreuden?"
„Wer sollte sich beschweren?"
„Nun, doch wohl diese ..."
„Sagen Sie getrost *Muster,* Sir. Sie haben sonst keine Namen."
„Keine Namen? Und wie redet man sie an?"
„Mit der Nummer, Sir. Die Zwillinge auf dem Cunningham tragen die gleiche Nummer und davor den Großbuchstaben Z. Bestrebungen, die Nummern durch Namen zu ersetzen, wurden von Professor Jago unterbunden."
„Aus welchem Grund?"
„Namen widersprechen der angestrebten Versachlichung. Der Astralid ist ein Verstandeswesen. Sie sehen selbst, daß er unter diesem Zustand nicht leidet. Im übrigen enthält diese Kompaktnahrung gewissermaßen seine Lebensversicherung."
Ich muß wohl ein sehr verständnisloses Gesicht ge-

macht haben, denn Dr. Benzingers Assistentin lachte.
„Mir scheint, Sie sind nicht auf dem laufenden, Sir."
„Bisher wurde ich lediglich in sehr groben Zügen eingeweiht."
„Oh, was hier geschieht, ist kein Geheimnis. Mit dem Morgentrunk wird zugleich die Zellenentwicklung gesteuert und damit das Wachstum. Bei den vorhergehenden Serien erfolgte das noch mittels Kanülen, die in das Gehirn eingeführt wurden – aber das war zum Glück vor meiner Zeit. Jetzt erfolgt die Steuerung oral – gekoppelt mit der Nahrungsaufnahme."
Zwei von den Mädchen kicherten. Ein Junge rammte dem andern den Ellbogen in die Rippen. Dr. Benzinger machte eine scherzhafte Bemerkung.
Auf einmal kam mir das Gespräch, daß ich mit Olga Orlow führte, völlig absurd vor.
„Sie manipulieren also den Reifeprozeß?"
„Wir beschleunigen ihn. Wie man Ihnen sicher mitgeteilt hat, Sir, ist es uns gelungen, die Spanne zwischen dem Ausstoß aus der Retorte und der Gebrauchsmündigkeit – sie entspricht unserem 18. Lebensjahr – auf 320 Tage zu verkürzen. Was sagen Sie dazu?"
Ich spürte ihren Stolz. Von ihrer jugendlichen Erscheinung hatte ich mich um ein Haar täuschen lassen. Sie war ein Mensch der Wissenschaft durch und durch. Vor so viel Fachwissen kam ich mir wie ein Hinterwäldler vor: ungebildet.
„Ich hörte von gewissen Schwierigkeiten?"
„Es gibt welche, das ist wahr, aber Dr. Benzinger ist

der Ansicht, daß wir sie in den Griff bekommen. Ich rede von der biologischen Kurve."
„Und was stimmt dabei nicht?"
„Sie fällt, wenn man den Dingen ihren Lauf läßt, nach dem Erreichen der Gebrauchsmündigkeit drastisch ab. Mit anderen Worten: Die Muster altern noch schneller, als sie heranreifen. Unser Ziel freilich ist die ansteigende Gerade: rasches Wachstum und Heranreifen, gefolgt von einem Zustand, in dem der Alterungsprozeß praktisch gestoppt ist. Zur Zeit erreichen wir diesen Zustand lediglich medikamentös: mit synthetischem Antigerontin, das wir dem Morgentrunk beimischen. Ich gebe zu, das ist ein Schwachpunkt. Bei der Verabreichung darf es keine Pannen geben."
„Was wäre die Folge?"
Ihre Reaktion bestand aus einem kleinen Seufzer.
„Wir müßten ganz von vorne anfangen, Sir."
Meine angehenden Schüler – etwas in mir sperrte sich dagegen, in ihnen nur die Muster zu sehen – es waren doch Menschen – hatten inzwischen das, was man Frühstück nannte, beendet; sie standen in kleinen zwanglosen Grüppchen plaudernd beieinander, während Dr. Benzinger in ihrer Mitte seine Morgenzigarette rauchte.
Wäre die lichtdurchflutete Leere des unendlichen Raumes nicht vor den Bullaugen zu sehen gewesen, so hätte man vergessen können, wo man sich befand. In jeder studentischen Mensa gab es solche Bilder. Die Arbeit der Wissenschaftler unter Professor Jago

war im wesentlichen abgeschlossen – von noch ausstehenden geringfügigen Korrekturen abgesehen. Alles weitere war nun in meine Hand gelegt.

Der Vertrag, den ich im Büro des VEGA-Direktors John Harris unterschrieben hatte, verpflichtete mich, die Astraliden, bevor sie in die Eigenständigkeit entlassen wurden, um sich über die Milchstraße auszubreiten, zu gestandenen Astronauten zu erziehen: sie auszubilden als Piloten, Navigatoren, Technikern. Auf dem Grundwissen, das ich ihnen vermittelte und das den Erkenntnisstand der Gegenwart spiegelte, mochten sie dann weiter aufbauen. Alles, was ich bisher gesehen hatte, deutete darauf hin, daß schon ihre nächste Generation dem homo sapiens technisch-zivilisatorisch um Lichtjahre voraus sein würde. Meine Aufgabe war, hierfür in Form des elementaren Rüstzeugs die Initialzündung zu liefern.

Ein Pärchen fiel mir auf. Er trug die Nummer M 95, sie die Nummer M 92. Sie standen etwas abseits, Hand in Hand.

Olga Orlow bemerkte mein Interesse und bemerkte: „Die ungeraden Zahlen kennzeichnen das männliche, die geraden das weibliche Geschlecht. Ganz ließ sich die klassische Artenteilung in Männchen und Weibchen auch beim Astraliden nicht vermeiden." Sie sah auf die Uhr. „Und jetzt wird es für mich höchste Zeit, selbst an die Arbeit zu gehen."

Meinen Blick empfand sie als Frage.

„Der Bedarf an Antigerontin muß jeden Tag neu errechnet werden. Dafür bin ich zuständig. Hoffentlich habe ich Sie nicht allzusehr gelangweilt, Commander."

Sie eilte davon, und ich machte kehrt und suchte mir den Weg dorthin, wohin ich eigentlich gewollt hatte, zur Messe für das Leitende Personal.

Die Erinnerung an ein sehr dezentes Parfüm begleitete mich.

Hätte es im fernen Metropolis nicht eine geliebte Frau namens Ruth O'Hara gegeben, hätte ich dieser Assistentin vielleicht zu verstehen gegeben, daß ich von ihr beeindruckt war.

In der Messe herrschte, wie um diese Stunde zu erwarten war, reger Betrieb.

Ich wechselte ein paar höfliche Worte mit Professor Jago, dem Projektleiter und Hausherrn der Plattform, der allein an seinem Stammtisch saß und seinen nach Minze duftenden Morgentee trank, und wandte mich dann dem Tisch vor dem Bullauge zu, über dem der Silberhauch des Andromedanebels lag. Der junge Chesterfield, der an diesem Tisch saß, sprang auf.

„Ich fürchtete, Sir, Sie hätten unsere Verabredung vergessen."

„Sie werden es nicht glauben, Gregor – ich hatte mich verlaufen."

„Oh, das kann einem auf PANDORA passieren, Sir. Man könnte einen Stadtplan brauchen, um sich überall zurechtzufinden."

„Ich bin vor der Mensa gelandet."

„Ah ja. Ich weiß Bescheid." Er ging nicht weiter darauf ein. „Tee, Sir? Kaffee?"

„Kaffee. Aber bemühen Sie sich nicht. Ich ..."
„Es ist mir ein Vergnügen, Sir."
Er stürzte zum Kaffeespender. Die Uniform der VEGA-Astronautenschule stand ihm bestens. Sie machte aus ihm auch äußerlich einen neuen Menschen.
Als ich ihm zum ersten Mal begegnete, vor zwei Jahren, hatte ich nicht viel von ihm gehalten. Betrunken wie er damals war, hätte er bei einem schwierigen Bergungsmanöver einen meiner Leute fast ums Leben gebracht. Aber dann hatte der Junge bewiesen, daß noch mehr in ihm steckte als der trunksüchtige, großspurige Sohn eines milliardenschweren Vaters. Und ich hatte meine Meinung ändern müssen.
Inzwischen war das väterliche Industrieimperium zusammengebrochen, und der Junge rührte keinen Tropfen mehr an. Auf PANDORA absolvierte er sein Praktikum als Kommunikator. Mit dem Patent in der Tasche konnte er später auf jedem Schiff unter den Sternen als Funker anheuern. Und falls er sich für die Pilotenlaufbahn entschied, benötigte er es sowieso. An seiner Kommandierung war ich nicht ganz unschuldig. Ohne daß er es wußte, hatte ich etwas nachgeholfen.
Der Junge begann mir ans Herz zu wachsen. Dem Alter nach hätte er mein Sohn sein können. Gelegentlich glaubte ich mich selbst in ihm zu sehen, wie ich einmal gewesen war: jung, begeisterungsfähig, bedingungslos ehrlich, kompromißlos ...
Die Stimme, die in meine Gedanken einbrach, war

mir vertraut, aber auf Anhieb hätte ich nicht sagen können, zu wem sie gehörte.
„Sir, ich freue mich ..."
Ich fuhr herum und blickte in ein ebenholzschwarzes Gesicht.
Das Gesicht strahlte.
„Sir, erinnern Sie sich nicht? Ich helfe Ihrem Gedächtnis auf die Sprünge! Denken Sie an das Jahr 71. Sie befehligten die *Delta VII*."
Und plötzlich war mir alles gegenwärtig: die letzten Tage des Bürgerkrieges, der Angriff auf den Schweren Kreuzer *Ischariot* – und dieses Gesicht. Es war das Gesicht meines damaligen Bordingenieurs.
„Henry Mboya!" brachte ich hervor. „Lieutenant Henry Mboya aus Kenia. Waren wir nicht zum Löwenschießen verabredet?"
„Nicht zum Schießen, Sir. Zum Jagen mit dem Speer! Die Verabredung gilt noch immer, auch wenn ich inzwischen Captain bin."
Ich preßte seine Hand.
„Und was treiben Sie auf PANDORA, Captain?"
Seine weißen Zähne blitzten.
„Ich bin sozusagen der Chief, Sir, der Leitende Ingenieur. Und –" Mboya schob einen rotblonden jungen Mann auf mich zu – „hier ist meine rechte Hand, Tom McBride. Als waschechter Schotte geizt er, womit er kann, sogar mit Worten."
McBride begrüßte mich mit einem knappen Kopfnikken und trat dann beiseite, um den jungen Chesterfield vorbeizulassen, der den Kaffee brachte.

4.

Das *Intelligence Center Positiv (ICP)* sah auf den ersten Blick aus wie ein normaler Hörsaal in einer der vielen Hochschulen für Astronautik in der EAAU, und den bestirnten Himmel über der gläsernen Kuppel mochte man für eine der Ausbildung dienende Deckenprojektion halten.
Ungewöhnlich waren allerdings die vierzehn Lernboxen, nach vorne hin offene Kabinen, deren Numerierung mit der des jeweiligen Musters übereinstimmte, der darin seiner Ausbildung nachging.
Über den Computerverbund *Mutterleib I* und *Mutterleib II* bildeten die Lernboxen einen kommunikativen Zusammenschluß mit ihren negativen Gegenstücken im Camp Astralid auf dem Cunningham. Der auf PANDORA stattfindende Lernprozeß wurde in Gedankenschnelle vom Muster auf seinen der Milchstraße entgegenziehenden Zwilling übertragen.
Man vergaß als Außenseiter nur zu leicht, daß die Muster nur Muster waren und lediglich das Medium

hergaben, über das die astronautische Ausbildung der Zwillinge lief. Erst diese, die Zwillinge, in der Weite des Weltraumes gezeugt und geschaffen, stellten, so Professor Jago, das Fertigprodukt dar, den Astraliden.
Ich, ihr Lehrer und Ausbilder, würde sie nie von Angesicht zu Angesicht kennenlernen, nie den Klang ihrer Stimmen vernehmen. An diesen Gedanken würde ich mich wohl oder übel gewöhnen müssen. In gewisser Weise sprengte er das Vorstellungsvermögen.
Pünktlich mit dem Gongschlag trat ich ein.
Ich weiß, daß man mir Kaltblütigkeit nachsagt, Besonnenheit, ein hohes Maß an Selbstbeherrschung. Die das hervorheben, übersehen leicht, daß hinter diesen Erscheinungsbildern ein Herz schlägt. Obwohl ich den Schritt über die Schwelle tat, ohne zu zögern, war er doch einer der wichtigsten und damit auch der schwersten, die ich je getan hatte. Von mir wurde erwartet, daß ich meine gesamte astronautische Erfahrung, die ich in Jahrzehnten unter den Sternen gesammelt hatte – als Pilot, als Expeditionsleiter, als Schiffbrüchiger –, in weniger als drei Monaten auf die Muster übertrug.
John Harris hatte meinen Auftrag in die Worte gefaßt: „Sie haben dafür zu sorgen, daß jeder Zwilling, sobald er abgenabelt wird, so viel Raumerfahrung besitzt wie ein gewisser Commander Mark Brandis."
Dementsprechend sah der Lehrplan aus.
Die erste Unterrichtsstunde begann.
„Guten Morgen, Herrschaften."

Vierzehn junge Kehlen brüllten zurück:
„Guten Morgen, Sir!"
Erwartungsvoll, in untadeliger Haltung, standen sie neben ihren Lernboxen, und die Wißbegier leuchtete aus ihren Augen.
In plötzlichem Entschluß warf ich alles über Bord, was man mir an Verhaltensweisen anempfohlen hatte, und ging die Reihen ab, um jedem Schüler, jeder Schülerin die Hand zu drücken. Ich gehörte nicht zum Jago-Team. Ich war der Ausbilder. Ich durfte mir leisten, in diesen Mustern den Menschen zu sehen.
„Auf gute Zusammenarbeit!"
„Ganz bestimmt, Sir."
„Und scheuen Sie sich nicht, Fragen zu stellen."
„Ganz gewiß nicht, Sir."
„Wenn Sie mal was auf dem Herzen haben sollten – ich bin immer für Sie da."
„Danke, Sir."
„Ich möchte, daß zwischen uns so etwas herrscht wie ein vertrauensvolles Verhältnis."
„Darauf können Sie sich verlassen, Sir."
Als ich schließlich mit dem Unterricht begann, war ich etwas enttäuscht. Die Muster hatten zwar höflich und korrekt reagiert, doch eine gewisse Kühle, die von ihnen ausging, ließ sich nicht leugnen. Andererseits war ich davon überzeugt, daß ich mich, indem ich bestrebt blieb, ein normales Lehrer-Schüler-Verhältnis herzustellen, auf dem richtigen Weg befand.
Die erste Lektion stand unter dem Motto „Die verän-

derlichen und die unveränderlichen Wegweiser im Weltraum". Allein dieser Stoff war umfassend genug, um anderswo eine Studentengruppe ein Vierteljahr lang auf Trab zu halten. Meine Muster verarbeiteten den komprimierten Lehrstoff, den ich ihnen vorsetzte, die theoretische Summe eines Berufslebens unter den Sternen, im Handumdrehen. Sie zergliederten ihn und schlüsselten ihn auf. Ich mußte das Tempo drosseln. Mit dem Vermögen dieser jungen Menschen, geballte Information nicht nur aufzunehmen, sondern gleichzeitig zu verarbeiten, konnte auf die Dauer kein Ausbilder Schritt halten. In der vierten Stunde setzte ich die Bande vor den Simulator. Fast alle Aufgaben, die ich ihnen stellte, wurden spielend gelöst.
Die Ausnahme trug hinter dem Großbuchstaben M die Seriennummer 87 und war ein ruhiger Blondschopf mit verträumt blickenden Augen. Ich mochte ihn. Geschah es deshalb, daß ich ihm Brücken über Brücken baute? Die Frage, die er zu beantworten hatte, war kaum besonders schwierig.
Die Frage lautete: „Angenommen, man kennt seine Position im Raum nicht ... An welchen drei unveränderlichen Wegweisern kann man sich orientieren?"
Zwei von den Wegweisern nannte M 87 auf Anhieb. Als es um den dritten ging, geriet der Bursche ins Schleudern.
„Der dritte ... der dritte ..."
„Sie sind schon auf der richtigen Spur", redete ich ihm zu. „Überlegen Sie! In alter Zeit, ich erwähnte es

schon, bevor es den Kompaß gab, diente der Wegweiser den phönizischen Seefahrern bei ihren Reisen..."
Unter den Blicken seiner Klassengefährten lief M 87 rot an.
„Der ... der ...", stammelte er.
„Blicken Sie getrost auf die Projektion!" machte ich ihm Mut. „Ich gebe zu, er ist nicht der hellste – aber uns geht es ja nicht um Helligkeitsgrade, sondern um die Konstanten."
M 87 atmete auf.
„Der Polarstern, Sir!" verkündete er.
„Richtig!" lobte ich ihn. „Warum nicht gleich?"
M 87 schwitzte. Unter seinem Helm hervor troff das reinste Wasser. Aber er strahlte.
Das Tempo, mit dem ich die Muster durch die Lektionen trieb, war, nach menschlichem Ermessen, mörderisch, aber es entsprach ihrem Intelligenzquotienten.
Ich mußte plötzlich an einen Geleitzug denken. Volldampf voraus strebten vierzehn Schiffe dem gleichen Hafen zu. Eins davon hatte Schwierigkeiten beim Schritthalten. In früheren Zeiten pflegte man den Nachzügler gnadenlos sich selbst zu überlassen.
Ich schenkte M 87 einen aufmunternden Blick.
„Stellen Sie Fragen, wenn Sie etwas nicht verstehen", sagte ich. „Dafür bin ich ja da."
M 87 blieb die Ausnahme.
Und diese Ausnahme war so geringfügig, daß sie das Urteil, zu dem ich alsbald gelangte, kaum beeinflußte.
Das Lernvermögen meiner Schüler – Speicherung der

Information als auch deren Verarbeitung zur praktischen Anwendung – war sensationell. Kein homo sapiens, und hieße er selbst Einstein, konnte damit konkurrieren.
Noch bevor ich den Unterricht um die Mittagszeit unterbrach, war ich mir klar darüber, daß ich einer geballten Genialität gegenüberstand, wie sie die Welt seit ihrer Schöpfung noch nicht gesehen hatte.
Die letzte Unterrichtsstunde hatte einem Kreuzverhör geglichen. Um mich gegen die auf mich einstürmenden Fragen zu behaupten, hatte ich mein ganzes navigatorisches Wissen aufbieten müssen. Als ich das ICP verließ, fühlte ich mich ausgelaugt und erschöpft.
Ich wandte mich noch einmal um.
„Also dann – auf dreizehn Uhr! Gönnen Sie sich etwas Ruhe!"
„Jawohl, Sir."
Auch diesmal gelang es mir nicht, mit einem persönlichen Wort die kühle Distanz zu überbrücken, die uns voneinander trennte. Ich nahm mir vor, mich in Geduld zu fassen. Es brauchte eben alles seine Zeit. Sie waren – das durfte man nicht vergessen – Menschen aus der Retorte.
Ich schlug den Weg zum Funkraum ein.
Um diese Zeit wurde von Mike Berger, der in der Raumnotwache Las Lunas die UGzRR-Flotte dirigierte, mein Anruf erwartet. Ich hatte, bevor ich mich zur PANDORA einschiffte, Gelder beantragt, um einen weiteren Rettungskreuzer, die *Fridtjof Nansen,*

auf Stapel legen zu lassen, und nun wollte ich wissen, wie über diesen Antrag entschieden worden war. Über meiner gegenwärtigen Tätigkeit durfte ich meine eigentliche Arbeit, die des Ersten Vormannes der Unabhängigen Gesellschaft zur Rettung Raumschiffbrüchiger nicht vergessen.
Die Tür zum Funkraum stand auf. Chesterfield saß allein vor den Geräten. Ich vernahm seine aufgebrachte Stimme.
„Jetzt reicht es! Scheren Sie sich sofort aus meiner Frequenz! Ich erwarte einen dringenden Anruf aus Metropolis!"
Die Antwort auf Chesterfields Geschimpfe schien gleichsam aus anderen Sphären zu kommen. Gleichwohl drang sie aus dem Lautsprecher.
Ein mächtiger Baß röhrte ungerührt ein uraltes Kirchenlied. Er röhrte es mit Begeisterung und Inbrunst.

Immer tiefer, immer weiter
in das feindliche Gebiet
dringt das Häuflein deiner Streiter,
dem voran dein Banner zieht ...

Sowohl das Lied als auch der Baß, der es röhrte, waren mir bekannt. Ich verharrte schmunzelnd auf der Schwelle.
Chesterfield machte eine verzweifelte Gebärde.
„Er ist auf meiner Frequenz!"
„Das haben Sie ihm schon gesagt."
„Und er läßt sich nicht verscheuchen!"
„Warum sollte er? Er will, daß man ihn hört."

Der röhrende Baß legte eine Atempause ein. Statt seiner ließen sich fünf glockenhelle Engelsstimmen vernehmen:

Wo wirs kaum gewagt zu hoffen,
stehn nun weit die Türen offen;
mühsam folgt der schwache Tritt
deinem raschen Siegesschritt ...

Mit Erheiterung nahm ich wahr, wie diese lieblichen Stimmen bei Chesterfield wirkungslos verhallten. Der Junge, der offenbar für eine Weile den diensthabenden Funker vertrat, hielt sich an seine Pflicht.
„Aufhören!" brüllte er.
„Wer?" erkundigte sich der Baß.
„Sie!" brüllte Chesterfield.
„Warum?" forschte der Baß.
Chesterfield fuhr zu mir herum. Sein Gesicht war gerötet, seine Augen funkelten.
„So geht das die ganze Zeit, Sir! Metropolis hat schon ein paarmal versucht durchzukommen. Er macht es mit seinem Gesinge immer wieder zunichte."
Ich ließ mir nicht anmerken, daß ich mich amüsierte. Der Junge hatte ja recht. Was sich auf der Frequenz zutrug, war wirklich nicht zulässig.
„Metropolis wird sich schon wieder melden," gab ich zurück. „Sie müssen nicht gleich aus der Haut fahren, Gregor."
Chesterfield protestierte.
„Es ist gegen die Regeln! Von mir wird verlangt, daß ich mich an die Regeln halte! Aber er darf auf meiner

Frequenz fromme Lieder singen! Im Funkkatechismus steht –"
„Wo?" erkundigte sich der Baß.
„Im Funkkatechismus!" wiederholte Chesterfield aufgebracht. „Sagen Sie bloß, Sie wissen nicht, was das ist: der Funkkatechismus!"
Im Lautsprecher war ein empörtes Schnauben zu hören.
„Sohn", sagte der Baß, „du versündigst dich, wenn du deinen und meinen Katechismus in einem Atem nennst. Und jetzt sei still und vernimm die frohe Botschaft!"
Eine Orgel lieferte das Vorspiel, dann begann der Baß wieder zu röhren:

Macht hoch die Tür, die Tor macht weit!
Es kommt der Herr der Herrlichkeit,
ein König aller Königreich,
ein Heiland aller Welt zugleich ...

Wenn Chesterfield den Wink bemerkt hätte, den ich ihm gegeben hatte, wäre er nachsichtiger gewesen. Noch immer war er der Meinung, sich durchsetzen zu müssen: mit den Regeln auf seiner Seite.
„Zum letzten Mal!" sagte er. „Entweder Sie verschwinden von meiner Frequenz, oder ich werde dafür sorgen, daß man Ihnen die Lizenz entzieht. Sie ... Sie ..."
„Sein Name ist O'Connery", kam ich ihm zur Hilfe. „Sie werden schon von ihm gehört haben. Ein reicher Mann, der eines Tages alles hinwarf und seitdem mit

einem umgebauten Raumfrachter unterwegs ist, um verlorene Seelen zu sammeln."

Chesterfield holte plötzlich tief Luft.

„Doch nicht etwa Pater Himmlisch, Sir?"

„Eben der, Gregor. Und was Sie soeben vernommen haben, war ein Gesuch um Landeerlaubnis im Namen einer höheren Instanz. Sehen Sie mal hinaus!"

Chesterfield fuhr herum.

Das Schiff, auf das ich ihn aufmerksam machte, war ein lila überstrichener Raumschoner von ehrwürdiger Bauart und trug mit schwarzen Lettern den Namen *Halleluja II*. Wie eine überirdische Erscheinung stand es im gleißenden Licht der unsichtbaren Sonne.

5.

Als die *Halleluja II* aufsetzte, sprach ich gerade mit Mike Berger in Las Lunas. Die Gelder für den Neubau, ließ er mich wissen, waren gegen die Stimme von Paul Lapierre bewilligt worden: eine gute Nachricht.
Ich aß rasch zu Mittag und nahm pünktlich mit dem Gongschlag den Unterricht wieder auf. Ich fühlte mich nicht sehr ausgeruht. Das Unterrichtstempo machte mir zu schaffen.
Als Tom McBride hereinplatzte, runzelte ich unwillig die Stirn.
„Ja?"
McBride sprach, ohne daß sich seine Lippen bewegten.
„Gruß von Captain Mboya, Sir. Soll'n Schluß machen."
Durch das ICP ging ein Raunen des Protestes. Ich sah auf die Uhr. Es war früher Nachmittag – und vom Schlußgong trennten uns noch fast zwei Stunden.
„Ich nehme an", erwiderte ich, „daß Captain Mboya

dafür so etwas wie einen triftigen Grund angeben kann."
McBride reduzierte seine Auskunft auf das Unumgängliche.
„Panne."
Ich hatte den Eindruck, am liebsten hätte McBride auch noch an diesem einen Wort gespart. Dennoch stand mir das Recht zu auf eine ordnungsgemäße Unterrichtung, zumal ich das navigatorische Kapitel, das wir im ICP soeben abhandelten, gern zu Ende gebracht hätte.
„Was für eine Panne, Mr. McBride? Bitte, ersparen Sie es mir, Sie ausfragen zu müssen."
McBride spreizte den rechten Daumen ab und zeigte abwärts.
„Blackout."
„Und wenn Sie mir jetzt noch verraten, wo dieser Kurzschluß zu suchen ist, Mr. McBride, werde ich fast schon im Bilde sein."
Meine Ironie zeigte bei ihm keine Wirkung. Er blieb so mitteilsam wie eine Auster.
„Kommunikativer Bereich."
Seine Hoffnung, ich würde mich damit zufrieden geben, machte ich zunichte.
„Wollen Sie zum Ausdruck bringen, Mr. McBride, daß der Computerverbund auseinandergebrochen ist?"
Er überwand sich, die Meldung zu vervollständigen.
„Aye."

„So daß die Zwillinge am Unterricht nicht mehr beteiligt sind?"
„Aye."
„Und wann, Mr. McBride, wird der Schaden behoben sein?"
„Morgen."
Erschöpft gab ich es auf, weitere Einzelheiten aus ihm herausholen zu wollen. Statt dessen rief ich den Maschinenraum an. Captain Mboya bestätigte: Die Verbindung zwischen *Mutterleib I* und *Mutterleib II* war vorübergehend unterbrochen. Er war zuversichtlich, den Schaden bald beheben zu können. Die Elektriker hatten schon begonnen, die Ursache des Kurzschlusses einzukreisen.
„Ich dachte, McBride hätte Ihnen das ausgerichtet, Sir", sagte er erstaunt.
„Hat er auch", räumte ich ein, „auf seine Weise."
Den Unterricht fortzuführen, war sinnlos, andererseits waren mir die Muster näher als die Zwillinge, und so erzählte ich ihnen, bevor ich Schluß machte, noch ein paar Anekdoten aus meiner Fahrenszeit. Als ich sie entließ, schien das Eis gebrochen zu sein.
Ich machte mich auf die Suche nach dem jungen Chesterfield. Es mochte sein, daß er Lust hatte, mich auf die *Halleluja II* zu begleiten und den Verursacher seines Verdrusses kennenzulernen. Eine willkommene Abwechslung war das allemal.
Vor dem Funkraum war ein Stück der Deckenverkleidung abgeschraubt, und ein Elektriker, der auf einer

Leiter stand, hatte seinen Kopf in die Öffnung gesteckt. Ich hielt an.
„Haben Sie den Übeltäter?"
Der Kopf des Elektrikers erschien.
„Sie werden's nicht glauben, Sir. Mäuse."
„Mäuse?"
„Weiße Mäuse. Der Himmel weiß, wer sie eingeschleppt hat, aber sie sind eine Plage. Schlimmer als jede Pest. Kein Kabel ist vor ihnen sicher."
Mir mißfiel die sorglose Art des Mannes.
„Bevor Sie da weiterfummeln", sagte ich, „sollten Sie sich Isolierhandschuhe holen. Die Vorschrift hat ihren Sinn."
Der Elektriker verspürte offenbar keine Neigung, von der Leiter herabzukommen.
„Nicht nötig, Sir", widersprach er. „Hier ist alles auf Null." Er witzelte. „Kein Saft, keine Kraft."
„Handschuhe!" sagte ich.
Es paßte ihm nicht.
„Gleich, Sir", antwortete er mit leidender Stimme.
Ich betrat den Funkraum. Chesterfield war nicht da, statt seiner stieß ich hier auf Professor Jago, der mich mit einem Kopfnicken begrüßte.
„Gut, daß Sie mir über den Weg laufen, Commander. Mich interessiert Ihr Urteil. Ich habe gleich eine Fachbesprechung. Auf dem Weg dorthin können wir reden." Er zog die Tür auf, um mir den Vortritt zu lassen. Dabei wandte er sich noch einmal um. „Vier Stunden!" sagte er. „Vier Stunden und keine Minute mehr."

„Vier Stunden", wiederholte Udo Lundt, der diensthabende Funker. „Was ist, wenn er Ihnen einen Höflichkeitsbesuch abstatten will, Professor?"
„Ich bin nicht zu sprechen. Klar?"
„Klar, Professor."
Jago bemerkte meinen fragenden Blick.
„Die *Halleluja!*" sagte er. „Ich habe ihr gerade vier Stunden gegeben, um Wasser zu fassen und die Preßlufttanks aufzuladen. Danach soll sie verschwinden."
Rechtlich war gegen die Entscheidung des Hausherrn nichts vorzubringen. Die Frist, die er der *Halleluja II* einräumte, entsprach den gesetzlichen Bedingungen. Lag es an seinem Ton, daß ich mich unangenehm berührt fühlte?
Vor dem Funkraum stand die verlassene Leiter. Der Elektriker war nirgends zu sehen.
Jago und ich gingen nebeneinander her.
„Ist etwas vorgefallen, was ich wissen müßte?" erkundigte ich mich.
Jago stampfte mit dem Fuß auf.
„Das hier ist eine Plattform der Wissenschaft, Commander. Die Menschen, die hier arbeiten, bilden ein eingespieltes Team. Wir stehen unmittelbar vor dem größten Triumph aller Zeiten, vor dem Sieg des Menschen über die Unzulänglichkeit der Schöpfung. Der homo sapiens erschafft den Astraliden. Ich kann nicht dulden, daß dieser fliegende Derwisch meine Leute verunsichert oder gar aufwiegelt."
Zu diesem Zeitpunkt kannte ich Professor Jago noch nicht gut genug, um zu wissen, daß man mit ihm nicht

diskutieren konnte. Er ließ keine andere Meinung gelten außer der eigenen.
„Pater Himmlisch, Professor, ist gut Freund mit allen Astronauten."
Jago machte eine wegwerfende Handbewegung.
„Unter Astronauten mögen andere Gesetze gelten. Hier gelten meine." Er wechselte sprunghaft das Thema. „Sie haben mit dem Unterricht heute begonnen?"
„Ich halte mich an den Plan."
„Und wie ist Ihr erster Eindruck, Commander?"
„Ausgezeichnet, Professor. Die jungen Leute sind über die Maßen lernbegierig."
„Die ...?"
„Die Muster."
„Ach ja. Mehr als drei Monate kann ich Ihnen nicht geben."
„Das reicht vollauf. Bei der Gelegenheit: Ist über das weitere Schicksal der ..." – ich machte den Fehler nicht noch einmal – „... der Muster inzwischen beschlossen worden?"
Ihm war nicht anzumerken, ob er meine Frage überhaupt gehört hatte. Er sagte:
„Ich brauche baldmöglichst einen Bericht. Führen Sie darin die Muster auf, die den Ansprüchen nicht gewachsen sind."
„Um was mit ihnen zu tun?"
Seine schmale Hand durchhieb einen unsichtbaren Faden.
„Kümmern Sie sich nicht darum. Überlassen Sie alle

diesbezüglichen Entscheidungen mir. Also, wer ist es, der Ihnen Sorgen macht?"
Es lag an dieser Handbewegung, daß ich ihm die gewünschte Auskunft vorenthielt: Ich hatte gewisse Bedenken, ob M 87 das Lernziel erreichen würde. Vielleicht war er ein sogenannter Spätentwickler.
„Ich bitte um Ihr Verständnis, Professor", erwiderte ich, „daß ich so Hals über Kopf keine Urteile abgebe."
Er blieb stehen. Wir waren am Ziel: vor seinem Büro. Hinter der Glastür war das vollständig versammelte wissenschaftliche Team zu sehen. Einen Atemzug lang begegnete mein Blick dem von Dr. Benzingers jungen Assistentin. Olga Orlow grüßte mich mit einem Lächeln. Ich winkte ihr zu.
Professor Jago runzelte die Stirn.
„Sie sehen nur die Muster, Commander", sagte er. „Mir jedoch geht es um die Zwillinge. Wir dürfen uns keine menschlichen Nachsichten erlauben. Es steht zu viel auf dem Spiel. Nur beste Qualität darf Zukunft haben."
Er nickte mir noch einmal zu und betrat sein geheiligtes Reich.

Mit alten Freunden unerwartet zusammenzutreffen, ist immer ein freudiges Ereignis. Geschieht dies jedoch in der Weite des Weltraumes, in der man sich seiner eigenen Verlorenheit stärker als anderswo bewußt wird, ist es besonders beglückend.
Unter Chesterfields staunenden Blicken hatte ich

mein Gastgeschenk eingepackt: eine Flasche besten Whisky.

„Für wen, Sir?"

„Für Pater Himmlisch."

„Aber das ist ein frommer Mann, Sir!"

„Eben deshalb weiß er das Gute vom Schlechten zu unterscheiden."

„Muß ich irgend etwas Besonderes beachten?"

„Nur das eine, Gregor: Geben Sie auf Ihre rechte Hand acht."

Ansonsten war Gregor Chesterfield unvorbereitet, als ich ihn vor mir her durch die Schleuse schob.

Aber selbst mir, obwohl ich Pater Himmlischs erstes Schiff kannte, das seit dem Katastrophensommer des Jahres 2083 auf dem Oberon verrottete, gingen die Augen über.

Die neue *Halleluja* verhielt sich zu ihrer Vorgängerin wie eine Kathedrale zu einer schlichten Landkirche. Die Luft, die uns entgegenwehte, war schwer vom Weihrauch und vom heißen Wachs der knisternden Kerzen. Feierliche Orgelklänge drangen aus unsichtbaren Lautsprechern wie Musik aus dem Himmel. Und der mächtige Altar, der das goldschimmernde Kirchenschiff beherrschte, schien geradewegs aus dem Dom zu Schleswig zu stammen: Er war eine minuziöse Nachbildung des dortigen Brüggemann-Altars, der von Kunstkennern als der schönste der Welt bezeichnet wird.

„Sir ..."

„Gleich!"

Vor dem Altar hatte sich zur Begrüßung der Engelschor aufgestellt, der zugleich die Besatzung der *Halleluja* bildete: vier bärtige Jünglinge und ein lachendes junges Mädchen.
"Damit Sie Bescheid wissen, Gregor", raunte ich, "Sie haben es zu tun mit Jakob dem Navigator, Thomas dem Radar-Controller, Simon dem Funker und Petrus dem Chief."
"Und das Mädchen, Sir?" flüsterte Chesterfield. "Gehört die auch dazu?"
Ich verkniff ein Schmunzeln.
"Finger weg! Sie gehört O'Brien von der *Henri Dunant*. Im übrigen ist sie Pater Himmlischs leibliche Tochter und die Captess. Ihr Name ist Maria."
Chesterfield schluckte.
Mein Blick richtete sich auf Pater Himmlisch, den Vorsänger. Das war ein respekteinflößender Hüne mit fuchsrotem Bart und blitzenden blauen Augen. Das schwarze Gewand, in das er gekleidet war, verlieh seiner Erscheinung Würde. Die irische Dampfwalze, die sich darunter verbarg, ließ sich vorerst nur ahnen.
Vor dem Lukensüll blieb ich vorschriftsmäßig stehen, legte die Hand an die Mütze und meldete uns an:
"Commander Brandis in Begleitung des Astronautenanwärters Gregor Chesterfield! Ich bitte, an Bord kommen zu dürfen."
Der fuchsbärtige Hüne pumpte seinen gewaltigen Brustkorb voller Luft. Die Orgel wechselte die Melo-

die, die fünf Engel ließen ihre glockenhellen Stimmen ertönen, und der Baß röhrte los:

Nur frisch hinein!
Es wird so tief nicht sein.
Das Rote Meer
Wird dir schon Platz vergönnen.
Was wimmerst du?
Sollt der nicht helfen können,
der nach Blitz gibt heitern Sonnenschein?
Nur frisch hinein!
Nur frisch hinein!

Nach diesen Worten begannen die Flurplatten zu zittern, als sich die Dampfwalze mit schwingender Soutane auf mich zu in Bewegung setzte, und bevor ich meine Hand in Sicherheit bringen konnte, umschloß Pater Himmlischs Pranke sie mit der ungestümen Herzlichkeit eines Schraubstocks.
„Commander Brandis! Es ist mir eine Freude, Sie auf der *Halleluja* zu sehen – auch wenn das geschehen muß an diesem unseligen Ort unter den Sternen, der den bezeichnenden Namen PANDORA führt."
Pater Himmlischs freie Linke beschrieb einen Halbkreis.
„Der Chor – abtreten! Klarmachen zum Wasserfassen! Gesungen wird erst wieder, sobald wir den Staub dieser sündhaften Plattform von unseren Schuhen geschüttelt haben."
Danach malträtierte er die Hand meines Begleiters mit der gleichen Gnadenlosigkeit wie zuvor die

meine. Chesterfield, obwohl gewarnt, hatte die Kühnheit besessen, sie ihm freiwillig ungepanzert hinzuhalten.
„Sie werden sicher schon erfahren haben", röhrte Pater Himmlisch, wieder an mich gewandt, „daß der Gottesdienst, zu dem ich einlud, nicht stattfinden darf. Man will uns hier nicht haben. Schlimmer: Man scheucht uns fort! Aber bis zum Aufbruch bleibt uns noch etwas Zeit ..."
Die Dampfwalze trieb mich vor sich her in die privaten Gemächer: dorthin, wo die Gläser standen, denn die Whiskyflasche hatte er längst erspäht.

Zwischen uns stand die angebrochene Flasche.
Einmal, als mein Blick hinüberging zum jungen Chesterfield, bemerkte ich, daß dieser an seinem Glas nur genippt hatte. Offenbar ging es ihm darum, einen klaren Kopf zu behalten. Er hatte aus den Fehlern seiner Vergangenheit gelernt und begriffen, wohin der andere Weg führte.
Pater Himmlisch, der von dieser Vergangenheit nichts wußte, ließ es sich nicht nehmen, das Gastgeschenk genießerisch zu loben:
„Das ist genau die geistige Nahrung, die der Mensch gelegentlich braucht. Heißt es nicht schon in der Schrift, der Mensch lebe nicht vom Brot allein?"
Äußerlich schien er unverändert. Hinter seinem polternden Auftreten freilich verbarg sich eine tiefe Sorge.
Geschah es beim ersten oder beim zweiten Glas, daß

Pater Himmlisch zur Sache kam? Vom ersten Augenblick an hatte ich geahnt, daß sein Besuch kein zufälliger war.
Ein Glas in der Hand, stand er vor dem Bullauge, hinter dem die Antennen der Plattform zu sehen waren. Pater Himmlisch preßte die Stirn gegen die Scheibe. Und als er plötzlich zu sprechen begann, war ich von der Nüchternheit seiner Stimme überrascht.
„Das, was mir durch den Sinn geht, Brandis, ist alt. Es ist so alt wie die Menschheit. Ich werde mich auf keine Jahreszahl festlegen. Es genügt, daß ich sage: Es ist lange her ..."
So, wie er sprach, mußte man ihm zuhören, ohne zu fragen. Ich stellte mein Glas ab. Ich fühlte mich durch die Eindringlichkeit seiner Worte betroffen.
„Wahrscheinlich könnte ich mir sparen, diese Geschichte zu erzählen", fuhr er fort. „Jeder kennt sie. Ich erzähle sie trotzdem. Es ist, wie gesagt, lange her. Prometheus hatte den Göttern das Feuer geraubt und den Menschen geschenkt, und nun schlugen die Götter unter Zeus-Vater zurück. Sie erschufen ein Weib, statteten es mit aller erdenklichen Schönheit aus und schickten es auf die Erde. Ihr Reisegepäck bestand aus einer verschlossenen Büchse. Darin waren, was sie nicht ahnte, alle Schlechtigkeiten dieser Welt. Zeus' List ging auf. Denn obwohl man der Schönen eingeschärft hatte, die Büchse um keinen Preis zu öffnen, konnte sie der Versuchung der Neugier nicht widerstehen. Sie mißachtete das Verbot und lüftete den Deckel, und alle Übel flogen heraus."

Pater Himmlisch drehte sich um.
„Und unter diesen Übeln leiden wir heute noch. Übrigens, der Name dieser Dame war Pandora."
Das war's! Pater Himmlisch hatte Chesterfield und mir klipp und klar zu verstehen gegeben, daß er von dem Projekt *Astralid* nichts hielt. Ich schwieg und wartete auf seine Schlußfolgerung. Sie kam.
„Ich sehe", sagte Pater Himmlisch, „diese Plattform trägt den gleichen Namen."
Es war sein gutes Recht, Kritik zu üben. Überall, wo Fortschritt von sich reden machte, wurden auch Zweifel laut. Oft genug sogar zu Recht. Aber in diesem Fall? Der große Aufbruch zu den Sternen stand bevor, und als Transportmittel diente die Metamorphose. Wie aus dem Kokon der Raupe der Falter schlüpft, brach aus dem konzentrierten Wissen des homo sapiens siegreich und strahlend der Astralid hervor. Pater Himmlisch verrannte sich. Ich sah es anders. Die alte Geschichte hatte für mich keine Bedeutung mehr.
„Der Name der Plattform, Pater", erwiderte ich, „kennzeichnet für die Fachwelt die beiden Unternehmen, die sie betreiben. Alles andere spielt keine Rolle."
Pater Himmlisch wiegte den Kopf.
„Es gibt Zufälle, die keine sind, mein Sohn", erwiderte er. „Ich sammle Stimmen, um einen Abbruch des Projektes zu erzwingen – bevor das Unheil aus der Dose heraus ist. Ich rechne auch mit der Ihren, Commander."

Ich griff nach der Mütze und stand auf. Chesterfield blickte erstaunt.

„Ich habe einen Vertrag unterschrieben, Pater", gab ich zurück. „Aber zuvor habe ich ihn gelesen und die Sache für gut befunden."

Captess Maria kam mir zur Hilfe. Ihre glockenhelle Engelsstimme erklang im Lautsprecher.

„Brücke – Pater."

Pater Himmlisch drückte eine Taste.

„Was gibt's, Tochter?"

„Man weist uns darauf hin, daß die Frist abläuft. Die Jungs holen schon die Schläuche ein."

Pater Himmlisch seufzte.

„Dann laß uns starten, Tochter!" sagte er.

Wir verabschiedeten uns von ihm. Ich fühlte mich verstimmt; oder war ich nur verunsichert? Es ist schwer zu sagen.

Die *Halleluja II* hob ab, kaum daß wir von Bord waren. Wir verfolgten das Manöver vom Funkraum aus, bis das Schiff zwischen den Sternen entschwunden war.

Der Lautsprecher klirrte, als sich aus dem Engelschor der mächtige Baß löste:

Lange ging ich in die Irre,
kannte meinen Hirten nicht,
und mich zog der Welt Gewirre;
aber Frieden fand ich nicht ..."

Lundt, der diensthabende Funker, tippte sich vor die Stirn.
„Der hat sie doch nicht alle!" knurrte er. „Das ist noch immer meine Arbeitsfrequenz."
In diesem Augenblick hob im Gang ein so höllisches Gelächter an, daß sich mir die Haare sträubten.
Wir stürzten hinaus.

Im Gang lehnte, die Arme über der Brust verschränkt, M 88 an der Wand. Gerade als Chesterfield und ich erschienen, setzte sie zu einem neuen markerschütternden Gelächter an. Wenn man sah, wie sich ihr Körper unter Lachkrämpfen schüttelte, mußte man unwillkürlich in das Lachen miteinstimmen, das nun, da man wußte, woher es kam, kaum noch diabolisch klang. Es war das Lachen eines jungen Mädchens, das sich über das, was sich vor seinen Augen zutrug, hemmungslos amüsierte. Lundt, der Funker, brüllte tatsächlich los.
Sein Lachen geriet zu einem Schrei des Entsetzens.
Er hatte die Ursache der Erheiterung entdeckt, und es überlief ihn kalt.
Die Ursache der Erheiterung war der Elektriker.
Es hätte nicht geschehen müssen. Die meisten Unfälle bei der Arbeit sind darauf zurückzuführen, daß elementare Sicherheitsvorschriften mißachtet werden. Ich hatte den Elektriker darauf hingewiesen. Mit isolierten Handschuhen wäre nichts passiert.
Seine ungeschützte Hand war in Berührung geraten mit tausend Volt, und nun hing er an der Leitung fest.

Die Leiter, auf der er gestanden hatte, war umgestürzt. Er hing, von Stromstößen durchzuckt, blau im Gesicht, mit seinem linken Arm fest und zappelte mit den Beinen.
Zehn Meter weiter stand M 88, meine bildhübsche Schülerin, und wollte sich über das, was sie sah, buchstäblich kaputtlachen.
Ich stürzte zum Wandtelefon, rief den Maschinenraum an und ließ die Stromzufuhr unterbrechen. McBride, der das Gespräch entgegennahm, begriff auf Anhieb, was getan werden mußte. Diesmal lag es gewiß nicht an seinem schottischen Geiz, daß er sich alle überflüssigen Fragen und Bemerkungen sparte.
Als ich mich umwandte, lag der Elektriker auf den Flurplatten, und Chesterfield, der neben ihm niedergekniet war, versuchte, ihn zu beatmen, während Lundt im Funkraum mit der Sektion Klinik telefonierte und zwei Sanitäter anforderte.
M 88 hatte sich nicht von der Stelle gerührt. Sie sah uns zu, als wären wir eine Clownnummer im Zirkus, und kicherte.
Meine Reaktion darauf war gewiß nicht die eines Pädagogen. Als ich auf M 88 zuging, mußte ich alle meine Selbstbeherrschung aufbieten, damit mir die Hand nicht ausrutschte.
„Verschwinden Sie!" sagte ich. „Und lassen Sie sich hier nicht wieder blicken!"
Ihre Augen wurden groß. Ihr Blick verriet, daß sie nicht begriff, weshalb ich ihr plötzlich zürnte. Ihr Mund verzog sich zur Schnute.

„Was ist denn plötzlich los, Sir?" maulte sie.
„Verschwinden Sie!" wiederholte ich. „Aber sofort!"
Sie zuckte mit den Achseln, drehte sich um und stolzierte davon. Nach ein paar Schritten begann sie zu trällern.

Spät am Abend dieses ereignisreichen Tages war ich damit beschäftigt, letzte Vorbereitungen zu treffen für den zweiten Schultag, als Chesterfield erschien.
„Störe ich, Sir?"
„Ich bin gleich fertig. Suchen Sie sich einen Platz, Gregor. Wenn Sie etwas trinken möchten, bedienen Sie sich selbst."
„Danke nein, Sir."
Wie er da auf der Sessellehne hockte, machte er einen tief verstörten Eindruck. Ich schob die Papiere beiseite und sah ihn an.
„Wo brennt's, Gregor?"
Eben noch war meine Kammer voller Sonne gewesen. Nun jedoch, mit der Drehung der Plattform, fiel plötzlich das kalte Licht der Najaden durch das Bullauge und machte mich – wer weiß warum – frösteln. Einen Atemzug lang irrten meine Gedanken ab, suchten sich einen Weg durch die grausame Leere, heim dorthin, wo allen Lebens Ursprung war, zur Erde. Auch Ruth O'Hara, die Frau, die ich liebte, die mir alles bedeutete, meine Frau, verstand es, herzhaft zu lachen. Warum dachte ich plötzlich daran?
Gregor Chesterfield sprach endlich aus, was ihn bedrückte.

„Er ist gestorben, Sir."
„Der Elektriker?"
„Ihm war nicht mehr zu helfen. Vielleicht, wenn man den Strom sofort abgeschaltet hätte ..."
Dem Jungen ging die Geschichte zu Herzen. Er war voller Zweifel und Fragen. Verglichen mit ihm, kam ich mir abgestumpft und gefühlsroh vor. Aber die Erfahrung eines Lebens unter den Sternen hatte mich gelehrt, daß der Mensch zugrundegeht, wenn er sich zumutet, das Leid der ganzen Welt zu tragen.
„Es war einzig und allein seine eigene Schuld", erwiderte ich, um den Jungen aufzurichten. „Weder Sie noch mich noch sonst jemanden trifft hieran eine Mitschuld."
„Das ist es nicht, Sir."
„Was ist es dann?"
Eigentlich wußte ich es bereits. In seinem Innern tobte das gleiche Chaos wie in mir – nur mit dem Unterschied, daß es für ihn ein Ventil gab.
„M 88, Sir."
„Ein dummes Ding, Gregor."
„Dumm oder hochintelligent, Sir?"
Auf einmal stand ich auf einem sehr schmalen Grat. Das Gelände, auf das diese Frage mich führte, begann gefährlich zu werden. Unter den Füßen bröckelte erstes Gestein.
„Wissenschaftlich gesehen", entgegnete ich vorsichtig, „muß man von hochintelligent reden. Dennoch war das Verhalten dieser Göre dumm."
„Dumm? Vor ihren Augen, Sir, stirbt ein Mensch,

und sie steht da und will sich ausschütteln vor Lachen!" Chesterfield machte eine hilflose Gebärde. „Sir, diese Muster machen mir Angst. Was sind das nur für Menschen!"

Mein Blick kehrte zurück zu den Papieren, die vor mir auf dem Schreibtisch lagen. Mit dem Wissen, das den Astraliden zu vermitteln meine Aufgabe war, trug ich dazu bei, daß sie sich über die Milchstraße ausbreiten konnten: eine Superzivilisation von völlig neuem Zuschnitt.

Ich verbarg mein Unbehagen hinter einem nichtssagenden Versprechen.

„Bei Gelegenheit werde ich mit Professor Jago über diesen Vorfall reden. Er ist dafür die richtige Instanz."

6.

Es gibt keinen Fortschritt in Technik und Wissenschaft ohne Rückschläge. Mit dieser Erkenntnis ist man gewohnt zu leben. Und Projekte entwickeln sich selten so reibungslos, wie sie am grünen Tisch oder im Labor geplant worden sind. Mit der Zeit hört man auf, die Sandkörner, die gelegentlich im Getriebe auftauchen und ein häßliches Kreischen verursachen, überzubewerten: vor allem dann, wenn wieder einmal eine lange Phase der Ruhe und stetiger, meßbarer Erfolge eintritt und das gesetzte Ziel in immer greifbarere Nähe rückt.
Der Vorfall mit dem Elektriker hatte mich gewarnt – aber auf meine Weise verhielt ich mich kaum anders als der Elektriker auch: Im Eifer der Arbeit und bestrebt, zu einem Abschluß zu kommen, ging ich über die Warnung hinweg.
Und bis zur nächsten vergingen mehr als sieben Wochen.
Ich tat meine Pflicht, und da jeder neue Tag im ICP

ein neues Erfolgserlebnis mit sich brachte, klang das Unbehagen, das jener erste, unselige Arbeitstag in mir hervorgerufen hatte und in den völlig überflüssigerweise auch noch die *Halleluja II* hereingeplatzt war, bald wieder ab.

Wenn man Tag für Tag miteinander umgeht, entwickeln sich zwangsläufig besondere menschliche Beziehungen. Bei aller gebotenen Zurückhaltung blieb es nicht aus, daß ich mein vierzehnhelmiges Auditorium zu mögen begann, und manches deutete daraufhin, daß die Sympathie, die ich den Muster-Schülern entgegenbrachte, von diesen erwidert wurde.

M 88 erschien zum Unterricht, als ob nichts geschehen wäre, und ich ließ, um die allgemeine Stimmung nicht zu gefährden, den Vorfall vor dem Funkraum auf sich beruhen. Im übrigen gab sie mir nicht wieder Anlaß, an ihrem Benehmen Anstoß zu nehmen. Mit ihrer raschen Auffassungsgabe und ihrem immensen Fleiß wurde sie binnem kurzem Klassenbeste.

Kummer bereitete mir nach wie vor ihr männlicher Nachbar mit der Nummer M 87.

Den Jungen hatte ich, wohl weil er mein Sorgenkind war, besonders in mein Herz geschlossen. Er hinkte ständig hinterher und hielt die andern auf, so daß ich mich vor die Frage gestellt sah, ob ich Professor Jago einschalten oder es auf meine Kappe nehmen sollte, dem Jungen heimlich ein paar Nachhilfestunden zu erteilen.

Weshalb ich mich für letzteres entschied, ist wohl damit zu erklären, daß mir Professor Jagos wissen-

schaftliche Distanz abging. Ich dachte und empfand in anderen Kategorien.
Mein Beruf war es, Schiffe zu kommandieren. Nichts anderes hatte ich gelernt. Ein Leben lang war ich diesem Beruf nachgegangen. Nun führte ich das Kommando über das ICP – und die vierzehn Muster stellten meine Crew dar.
Für Professor Jago war in diesem „Schiff" kein Platz. Im übrigen redete ich ihm in den biochemischen Teil des Projekts nicht hinein; von diesem Teil verstand ich nichts. Auf dieser Haltung gründete sich mein Anspruch auf Eigenverantwortlichkeit in meinem Teilbereich. Ich war der Ausbilder, und wenn es darum ging, die Astraliden als raumtüchtige Astronauten in eine verheißungsvolle Zukunft zu entlassen, dann wußte ich besser als jeder Weißkittel, wie ich diese Aufgabe zu erfüllen hatte.
Fortan erschien M 87 regelmäßig am späten Abend in meinem Quartier, und ich paukte mit ihm bis zu meiner eigenen Erschöpfung. Die Freude darüber, daß sich seine Leistungen besserten, entschädigte mich dafür.
Im allgemeinen pflegte ich mit ihm nur rein sachliche Dinge zu besprechen, aber eines Abends, nachdem er sich schon verabschiedet hatte, wandte er sich auf der Schwelle noch einmal um.
„Ist noch etwas unklar?" erkundigte ich mich.
In seinen hellen Augen stand eine Frage.
„Sie geben sich sehr viel Mühe mit mir, Sir", bemerkte er. „Warum tun Sie das?

„Wissen Sie das wirklich nicht?"
„Ich denke darüber nach, Sir."
„Es ist sehr einfach, M 87. Ich möchte, daß Sie es schaffen."
„Ach, das möchten Sie." Er kaute auf der Unterlippe.
„Aber ohne mich wären die andern viel besser dran."
Seine Sachlichkeit nötigte mir ein aufmunterndes Lächeln ab.
„Jetzt nicht mehr."
„Dann ist es gut."
Er war zufriedengestellt und verließ mich. Und ich paukte weiter mit ihm, Abend für Abend.
Seinetwegen überwarf ich mich schließlich mit Professor Jago.
Ende Oktober fand auf PANDORA eine große Konferenz statt, an der diesmal alle Projekt-Mitarbeiter teilnahmen. Es wurde Bilanz gezogen.
Obwohl das Problem der biologischen Kurve nach wie vor ungelöst war, so daß der Alterungsprozeß sowohl der Muster als auch der Zwillinge weiterhin mit regelmäßig zugeführtem Antigerontin aufgehalten werden mußte, wurde beschlossen, letztere zum geplanten Termin abzunabeln, das heißt in die Selbständigkeit zu entlassen.
Hinter dem Festhalten am Terminplan stand, auch wenn keiner es direkt aussprach, die Sorge, gewisse Projektgegner in der EAAU, die den Abbruch des Programms forderten, könnten sich durchsetzen. Daß es solche Bestrebungen gab, wußte ich aus den Nachrichten der Stella-TV, die, wenn es die kosmischen

Bedingungen zuließen, auch auf PANDORA empfangen wurden.
Innerhalb der aufsichtführenden Kommission herrschten Streit und Unfrieden, nachdem die Weltwacht-Vertreterin Gerlinde Tuborg geheimzuhaltendes Material an die Öffentlichkeit gebracht hatte. Die Front, die sich in der Kommission gebildet hatte, setzte sich fort quer durch die Medien.
Organe, die das Projekt Astralid im September noch bejubelt hatten als die „geniale Korrektur einer verpfuschten Schöpfung", begannen auf einmal in ihrem Urteil schwankend zu werden und auf „gewisse noch nicht absehbare Konsequenzen" hinzuweisen, ohne diese konkret beim Namen zu nennen. Auch der Vorfall mit dem Elektriker wurde durchgekaut. Es blieb unklar, woher die Medien diese Information bezogen hatten. Professor Jago sprach von schnödem Kollegenverrat.
Damals hatte ich ihn selbst bei passender Gelegenheit auf das absonderliche Verhalten von M 88 angesprochen. Er hatte nur mit den Achseln gezuckt.
„Na schön. Ich stelle nichts in Zweifel. Es hat Sie peinlich berührt. Aber Sie sind nicht der Maßstab."
Und als ich ihn fragend ansah, fuhr er fort: „Commander, seien Sie kein Narr! Nur ein Narr glaubt an Vollkommenheit. Beim homo sapiens nehmen Sie Fehler in Kauf. Warum dann nicht beim Astraliden? Er ist schließlich auch nur eine Schöpfung – mit tausend Vorzügen und einer Handvoll Schönheitsfehlern."

Auf die Art und Weise, wie er meine Bedenken zerpflückte, war ich nicht gefaßt gewesen. Seine Selbstsicherheit hätte jedem olympischen Gott zur Ehre gereicht: von Athene bis Zeus. In meinen Augen gab es zu dem Thema noch etliches anzumerken, doch er kam meiner Absicht zuvor.
„Ich weiß, was Sie mir, dem Schöpfer des Astraliden, seinem Gott, um es mal klipp und klar zu sagen, zum Vorwurf machen: daß ich bei allen guten Gaben, mit denen ich ihn ausgestattet habe, die Moral zu kurz kommen ließ."
Erneut wollte ich einhaken, wieder ließ er mich nicht zu Worte kommen.
„Auch Ihr junger Freund war schon bei mir, ich glaube, sein Name ist Chesterfield. Er hat mich mit Begriffen bombardiert wie Mitleid, Menschlichkeit und immer wieder Moral. Und was ich ihm zur Antwort gegeben habe, sage ich in aller Klarheit jetzt auch Ihnen: Moral ist, was dem Lebenskampf nutzt."
Zum ersten Mal reute es mich, den Vertrag unterschrieben zu haben.
Auf der Konferenz kam es zu einem weiteren Zusammenstoß.
Die Kampagne, die in der EAAU gegen PANDORA angelaufen war, bildete unausgesprochen den Hintergrund aller Erörterungen. Und daß Professor Jago, dessen Lebenswerk das Projekt Astralid darstellte, damit rasch zu einem Abschluß gelangen wollte, war durchaus menschlich und verständlich.

Die Altersfrage ließ er als Hintergrund nicht gelten. Die Astraliden, führte er an, seien von so hochgradiger Intelligenz, daß er nicht zweifle an ihrem Vermögen, das Problem der biologischen Kurve binnen kurzem auch ohne die Hilfe des homo sapiens zu lösen. Damit mochte er recht haben. Dr. Benzinger stimmte ihm in diesem Punkt vorbehaltlos zu.
Auch ich wurde zur Terminfrage gehört. Professor Jago erkundigte sich nach dem Ausbildungsstand meiner Zöglinge und wollte von mir verbindlich beantwortet wissen, ob die vier Wochen ausreichen, um den Astraliden bis zu ihrer Abnabelung jenes unumgängliche Maß an astronautischem Knowhow zu vermitteln, das ihnen ermöglichen sollte, die erste und kritische Phase der Eigenständigkeit wohlbehalten zu überstehen. In der zweiten Phase, so Professor Jago, würden sie dann mit neuen Erkenntnissen ihre Weiterbildung selbst in die Hand nehmen.
„Das letzte Wort", sagte Professor Jago, an mich gewandt, „liegt nun bei Ihnen, Commander. Sie sind der Ausbilder. Frage also auch an Sie: Ist der Termin zu halten?"
Die Antwort konnte ich guten Gewissens geben.
„Er ist zu halten."
Ich war der Meinung, mich deutlich genug ausgedrückt zu haben, doch Jago gab sich nicht mit der Auskunft zufrieden. Als er den Mund wieder aufmachte, ahnte ich, was nun kommen würde.
„Nicht, daß ich Ihr Wort in Frage stellen möchte, Commander, das liegt mir fern – aber mir ist da etwas

zu Ohren gekommen: von heimlich erteilten Nachhilfestunden."

Auf die Dauer hatte es durchsickern müssen. Auf einer Plattform lebt und arbeitet man auf engstem Raum. Es gibt zu viele Augen, zu viele Ohren. Andererseits wußte Professor Jago offenbar nichts Genaues. Sollte ich Farbe bekennen? Etwas in mir sträubte sich dagegen, in M 87 nur das untaugliche Muster zu sehen. Der Junge war fleißig und willig. Und wenn ich nicht lockerließ in meinen Anstrengungen, würde er es schaffen. Mit meiner Antwort legte ich mich nicht fest.

„Man schwätzt viel, wenn der Tag lang ist, Professor", gab ich zurück, „besonders auf PANDORA."

Er ließ sich nicht anmerken, wie sehr in meine Auskunft verdroß, doch sein Blick teilte es mir mit.

„Es könnte sein, Commander", bemerkte er, diesmal sehr deutlich von oben herab, „daß Sie Solidarität üben, wo keine angebracht ist."

„Nicht angebracht?"

„Nicht angebracht!" wiederholte er. „Sie sind kein Wissenschaftler, das macht sie in gewisser Hinsicht befangen. Sehen Sie, Commander, der Astralid ist ein Novum unter den Sternen. In seinen Genen ist alles zusammengetragen, was der Erhaltung der Art nutzt. Alle hemmenden Elemente wurden herausgefiltert. Können Sie mir folgen?"

Mehr und mehr nahm unser Dialog die Form einer Auseinandersetzung an.

„Ich werde Ihnen gewiß zu folgen vermögen", erwiderte ich brüsk, „wenn Sie endlich aufhören, um den Brei herumzureden, Professor."
„Sie wollen es deutlicher? Nun gut." Der Blick, mit dem mich Professor Jago bedachte, machte kein Hehl daraus, wohin er mich wünschte: dorthin, wo der Pfeffer wächst. „Ich will darauf hinaus, daß, falls das, was mir zu Ohren gekommen ist, stimmt, auf dem Cunningham ein lernschwacher Zwilling heranwächst. Und dafür sind Sie verantwortlich!"
Professor Jago wandte sich von mir ab: dem nächsten Thema zu. Ich sammelte meine Unterlagen ein und verließ den Raum.

Ich saß noch in der Messe bei einer Tasse Kaffee, als Dr. Benzingers Assistentin eintrat, Olga Orlow. Mit einem Lächeln, das die Zwiespältigkeit ihrer Gefühle ausdrückte, setzte sie sich zu mir.
„Schade", sagte sie.
„Was?" fragte ich.
Sie seufzte.
„Zwei bedeutende Männer – aber jedesmal, wenn sie aufeinanderstoßen, gibt es Streit. Schade." Ihr Bedauern war aufrichtig, spürte ich. Und sie ging den Dingen auf den Grund. „Weshalb decken Sie M 87?"
Ich sah sie an.
„Da Sie ohnehin alles darüber wissen, Olga, warum decken Sie ihn?"
Sie hob die Schultern.
„Vielleicht ..."

Sie brach ab, als wollte sie sich nicht festlegen. Ich benützte die Gelegenheit, eine Frage zu stellen, die ich bis dahin lieber nicht aufgerührt hatte.
„Was würde mit ihm geschehen, wenn ich ihn zur Meldung brachte?"
Ihr schlanken Hände machten eine Bewegung, als zerbrächen sie einen Schreibstift.
„Da er nichts taugt ..."
Sie sprach es nicht aus. Es war auch nicht nötig. Plötzlich wußte ich alles. Anfangs war ich ahnungslos gewesen, später, als ich über den Verbleib all der vorhergegangenen Serien nachdachte, von einem qualvollen Verdacht befallen worden. Nun also hatte ich die Gewißheit.
Und das bedeutete, daß ich von meiner Entscheidung nichts zurückzunehmen brauchte.
„Es gibt dafür Maßstäbe?"
„O ja."
„Trotzdem. Er soll seine Chance im Leben haben – wie jeder andere Mensch."
Sie schüttelte den Kopf.
„Sie sehen das falsch, Sir, zu emotional. Er ist nur ein Muster."
„Ein Muster ohne Wert?"
„Wenn er nichts taugt."
„Und darüber befindet, nehme ich an, Professor Jago, der Gottvater der Retorte?"
Ich war zu schroff. Ihre Augen blickten plötzlich zornig.
„Sie lehnen ihn ab!"

„Er tut alles, um das zu bewerkstelligen."
„Ich bin bemüht, Ihr Verständnis für ihn zu wecken, Sir. Der Professor ist kein Unmensch. Er ist ein genialer Wissenschaftler und denkt als solcher eben in anderen Kategorien als Sie."
„Tun Sie das auch?"
Sie warf den Kopf in den Nacken: jung, schön und stolz. Wie hatte ich nur hoffen können, in ihr eine Verbündete zu finden? Wie ich zu den Sternen, gehörte sie zu dieser klinischen PANDORA-Welt. Der weiße Kittel, den sie trug, war ihr Ausweis. Heute noch war sie Assistentin. Morgen vielleicht schon war sie Abteilungsleiterin wie Dr. Benzinger, ihr augenblicklicher unmittelbarer Chef. Und übermorgen ...?
„Bestimmt", antwortete sie. „Ich werde nie etwas tun, was das Projekt in Frage stellen könnte. Es revolutioniert alles, was es an Entwicklung seit Adam und Eva gegeben hat. Aber damit das gelingt, verlangt es von uns Unterwerfung unter den wissenschaftlichen Sachzwang und unbedingte Disziplin."
„Mit anderen Worten: Ich soll M 87 Professor Jago ans Messer liefern?"
Der Zorn, der ihre blauen Augen mit sprühenden Blitzen erfüllt hatte, verrauchte.
„Ach, die leidige Nummer M 87! Ich werde den Mund halten. Und darunter leiden, weil ich genau weiß, daß das verkehrt ist. Denn nur auf die Zwillinge kommt es an. Erst die Zwillinge sind die wahren Astraliden. Man muß sich das immer wieder vor Augen führen, Alles, was hier auf PANDORA gezeugt

worden ist, dient nur der Art und Wissensübermittlung über *Mutterleib I* an *Mutterleib II*. Es sind, so hart es auch klingt, Muster."
Im Gespräch mit Dr. Benzingers Assistentin hatte ich die Uhr außer acht gelassen. Als M 93 in der Messe auftauchte, war mir klar, daß ich den Gong überhört hatte, der mich ins ICP rief.
„Sir ..."
Ich nickte zustimmend. Es war mir peinlich. Pünktlichkeit, hatte ich immer gelehrt, ist die Voraussetzung für ein reibungsloses Bordleben.
„Bin schon auf dem Weg, M 93. Tut mir leid, daß ich mich vertrödelt habe. Der Grund sitzt hier am Tisch. Betrachten Sie ihn als meine Entschuldigung."
Olga Orlow vergaß, daß wir soeben noch über grundsätzliche Dinge gesprochen hatten, und lachte fröhlich auf.
„Wir haben uns tatsächlich festgeredet", stand sie mir bei. „Ich gebe zu, daß das ganz allein meine Schuld ist."
Ich leerte den Becher, warf ihn in den Verwerter und stand auf.
„Na, denn ..."
M 93 nahm meine Mütze vom Haken und hielt sie mir hin.
„Ihre Mütze, Sir."
„Danke, M 93."
Ich griff zu. Und dabei bemerkte ich es.
Einen Atemzug lang war ich lediglich entsetzt.
Es war unfaßbar. Die Hand, die mir die Mütze hin-

hielt, wies schaurige Verbrennungen auf, die völlig frisch waren.

M 93 wußte sich mein Zögern nicht zu deuten.

„Ihre Mütze, Sir", wiederholte er.

Unfaßbar war vor allem dies: daß er bei all dem völlig teilnahmslos blieb. Offenbar spürte er keine Schmerzen. Die Verwundung interessierte ihn nicht.

Ich nahm ihm endlich die Mütze ab, ergriff seine Hand beim Gelenk und drehte sie herum, daß er das versengte Fleisch sehen mußte.

„Ich würde sagen, M 93", bemerkte ich, „daß Sie gut daran täten, einen Arzt aufzusuchen. Miss Orlow wird Sie hinbegleiten."

Sie stand bereits neben mir, um die Schwere der Verwundung zu prüfen. Sie zog die Stirn kraus und schüttelte mit einem kleinen Seufzer den Kopf.

„Sie kennen keinen Schmerz", klärte sie mich auf. „Dr. Benzinger war gegen diese Entscheidung, aber Professor Jago hatte die besseren Argumente, bezogen auf die Zwillinge. Viele Fehlentscheidungen würden getroffen, sagt er, aus Furcht vor dem Schmerz. Kaltblütiges Verhalten in extremen Situationen würde gefördert, wenn man dem Astraliden diese Furcht nähme."

Ich reagierte mit einem Rückfall in barsches Verhalten.

„Sehen Sie sich die Hand des Jungen an! Das ist das Ergebnis.'

Sie hob die Schultern.

„Pannen gibt es schließlich überall." Es klang nicht sehr überzeugt. Sie schob M 93 vor sich her zur Tür. „Ab zur Klinik!"
Sie konnte nicht aus ihrer Haut – oder fehlte ihr ganz einfach meine Erfahrung? Sie sah einzig und allein das biogenetische Problem. Diesbezüglich hatte sie behutsam Kritik geübt an Professor Jagos Entscheidung. Wahrscheinlich bedauerte sie es, daß Dr. Benzinger sich nicht hatte durchsetzen können. Sah sie wirklich nur die Panne? Auf jeden Fall war sie mit dem beschädigten Muster unterwegs zur Klinik, um mit Hilfe von Salben und Binden die erforderliche Reparatur vornehmen zu lassen.
Die Alarmglocken, die ich zu hören meinte, waren völlig anderer Art.
Kostbare Zeit war bereits verlorengegangen. Wieviel, ließ sich nicht sagen. Auch ich hatte nicht auf Anhieb geschaltet, sondern mir zunächst in aller Seelenruhe Olga Orlows Vortrag angehört.
„Moment noch!" sagte ich.
Olga Orlow und M 93 blieben noch einmal stehen und drehten sich um.
Vielleicht war alles nur blinder Alarm. Vielleicht sah ich Gespenster. Auf jeden Fall mußte ich mir Gewißheit verschaffen.
Ich deutete auf die verletzte Hand.
„Nur noch eins, M 93: Wo haben Sie sich das geholt?"
Er war nicht übermäßig erbaut, mir noch einmal Rede und Antwort stehen zu müssen. Auf dem Weg

zur willkommenen Abwechslung war ich ein Hemmschuh. Seine Miene nahm einen leidenden Ausdruck an.
„Das? Muß wohl passiert sein auf dem Weg hierher. Denk ich doch."
Ich mußte ihn festnageln.
„Wo genau?"
Sein Blick irrte zwischen Olga Orlow und mir hin und her.
„Sir, ist das so wichtig. Sie sagten doch selbst, ich muß zum Arzt."
Wenn mein Verdacht zutraf, stand PANDORA vor einer Katastrophe. Ich benötigte eine Auskunft: klipp und klar.
„Antworten Sie!" sagte ich. „Wo und wie ist das passiert?"
Olga Orlow stieß ihn an.
„Sagen Sie es ihm schon!" unterstützte sie meine Bemühungen. „Der Commander hat sicher seine Gründe, wenn er sich dafür interessiert."
M 93 entschloß sich, mir die gewünschte Auskunft zu erteilen.
„Wo? Ich muß nachdenken."
„Sie kamen, nehme ich an, aus dem ICP?"
„Richtig. Ich kam aus dem ICP, Sir, um nach Ihnen zu suchen. Plötzlich war da so etwas wie Rauch in der Luft ..."
„Und Sie sind der Sache auf den Grund gegangen?"
„Hatte ich eigentlich vor. Ich wollte im Batterieraum nachsehen, was da los ist, aber ich bekam die Tür

nicht auf. Sie ist verschlossen." Er zuckte mit den Achseln. „Na, und das ist alles."
Während er berichtete, war mein Mund trocken geworden.
Die Göttergabe, die der Räuber Prometheus den Menschen gebracht hatte –: wehe, wenn sie aus der Kontrolle geriet! Nirgendwo vermochte sie verheerender zu wüten als auf einer Plattform.
„Kümmern Sie sich um den Jungen!" sagte ich noch zu Olga Orlow.
Dann stülpte ich die Mütze auf den Kopf und stürzte los.

7.

Was an diesem Tag geschah, trug dazu bei, den Weltwacht-Leuten, die in der aufsichtführenden Kommission durch Gerlinde Tuborg vertreten waren, neue Argumente zu liefern.
Das freilich konnte ich zu der Zeit noch nicht wissen. Ich hatte auch genug anderes zu tun. Die Haut, heißt es treffend, ist einem näher als das Hemd.
Sogar im Fahrstuhl stank es nach Rauch. Ich sah mich um. An Detektoren war kein Mangel. An der Sicherheit war beim Bau von PANDORA nicht gespart worden. Aber aus irgendeinem Grunde meldeten die Detektoren ihre Wahrnehmung – Rauch – nicht weiter. In der Anlage steckte der Wurm. Auf der Plattform tobte ein Brand, und alle waren ahnungslos.
Ja, wenn das Feuer in den Wohntrakts ausgebrochen wäre oder gar in den Labors ...
Ich drückte die Fahrstuhltür wieder zu und wählte die Treppe. Durch die gewundene Stahlröhre zog der Rauch in dicken, Übelkeit erregenden Schwaden.

Das nächsthöhere Deck enthielt außer dem ICP und den damit verbundenen verschiedenen Simulatoren auch etliche Versorgungseinrichtungen, die letzteren auf automatischer Basis. Einmal täglich wurde eine Inspektion vorgenommen, das war alles. Außer mir und meinen Schülern war auf diesem Deck nur selten jemand anzutreffen.
Ich eilte den Gang entlang, bog um die Ecke und prallte zurück.
Das Feuer war nicht zu sehen. Aber ich konnte es spüren. Es war da. Es war nah. Und es war übel.
Die dreizöllige Plaferritwand zum Batterieraum strahlte eine schier unerträgliche Hitze aus. Ein Schritt weiter – und der Gluthauch hätte mich umgebracht. Die Tür, die aus dünnerem Material bestand, begann sich unter der Feuersbrunst, die von innen her auf sie einwirkte, zu werfen. Sie war jetzt weißglühend.
Mit der Unbekümmertheit eines Kindes hatte M 93 an der Klinke gerüttelt, und mit der gleichen Unbekümmertheit hatte er den Vorfall, der ihn nicht sonderlich beeindruckte, alsbald wieder vergessen. Kind oder Monstrum? M 93 war eben ein Mensch aus der Retorte, das schuldlose Produkt langwieriger genetischer Berechnung. Hätte er Schmerz empfunden, wäre er gewarnt gewesen. Aber so, wie er war, hatte Professor Jagos Liebling nicht einmal die enorme Hitze wahrgenommen – oder allenfalls nur in Form eines für ihn nichtssagenden Ansteigens der Temperatur.
Ich machte kehrt, rannte zum nächsten Wandtelefon und wählte den Maschinenraum an.

In meinem Leben war ich dem Feuer immer wieder begegnet. Selten war es mein Freund gewesen, oft genug mein Feind. Mehr als einmal hatte ich es zu tun gehabt mit brennenden Schiffen unter gleichgültigen Sternen.
Feuer an Bord.
Nichts Schlimmeres gibt es, behaupten die meisten.
Es stimmt nicht.
Es gibt Schlimmeres.
Eine Plattform in Flammen übertrifft sogar das Inferno Dantes. Es gibt nichts unter den Sternen, was sich damit an Schrecken vergleichen läßt. In den sauerstoffgesättigten Räumen breitet sich das Feuer mit explosiver Geschwindigkeit aus, frißt sich durch alle Schächte und Kabel, von Deck zu Deck. Und während drinnen die Temperaturen steigen und steigen, bis die Besatzung der Plattform buchstäblich lebendigen Leibes geröstet wird, wartet draußen statt eines rettenden Ausweges der unerbittliche leere Raum.
Im Hörer erklang Mboyas ruhige Stimme.
„Maschinenraum."
Ich warf den Arm vor das Gesicht. Der Rauch reizte meine Augen. Ich rang nach Luft.
„Brandis", sagte ich. „Captain, Feuer auf Deck Berta!"
Im Hörer war ein Schlucken zu hören.
„Hier liegt kein Alarm vor. Frage, Commander: Schlimm?"
Ich nahm kein Blatt vor den Mund.

„Wir werden alle Hände zum Löschen brauchen, die sich auftreiben lassen."
„Roger", bestätigte Captain Mboya. „Noch etwas?"
„Ja", sagte ich. „Sorgen Sie für genügend Feuerlöscher. Ich hole inzwischen zur Unterstützung meine Schüler."

Am Ausbruch des Brandes waren aller Wahrscheinlichkeit nach wieder einmal die gefräßigen Nager in den Kabelschächten schuld, jene eingeschleppten Mäuse, die bisher allen gegen sie geführten Vernichtungskampagnen erfolgreich widerstanden hatten. Anfangs mochte da ein kaum wahrnehmbares Schwelen gewesen sein, das abzutöten ein Kinderspiel gewesen wäre. Und sogar noch zu dem Zeitpunkt, als M 93 vergebens versuchte, die Herkunft des Rauches zu ermitteln, den er wahrgenommen hatte, hätte es vielleicht nur eines einzigen Mannes bedurft, um dem Feuer den Garaus zu machen.
Da nichts unternommen worden war, hatte der Brand Zeit und Gelegenheit gehabt, sich auszubreiten, und nun fraß er sich als entfesseltes Element durch das Deck Berta und konnte allenfalls noch zurückgeschlagen werden durch ein Großaufgebot an Verteidigern. Captain Mboya mit seinem technischen Personal allein konnte das nicht schaffen.
Für meine Schüler mochte der Einsatz zugleich ein praktischer Vorgriff auf die Thematik der kommenden Woche, die unter der Überschrift stand: *Raumnot, Schiffbruch, Katastrophen – was tun?* Plötzlich

bedauerte ich, daß ich diesen Stoff nicht schon in den ersten Tagen behandelt hatte. Ein auf Unwissenheit und dem Fehlen an normaler Sensibilität beruhendes Fehlverhalten wie das von M 93 durfte sich nicht wiederholen. Der Respekt vor dem Feuer, der meinen Zöglingen nicht angeboren war, mußte ihnen nun so gründlich eingepaukt werden, bis die Lektion saß.
Als ich mit den dreizehn Mustern, die ich aus dem ICP geholt hatte, wieder am Schauplatz des Geschehens eintraf, war die Schlacht bereits in vollem Gange.
Captain Mboyas Leute waren damit beschäftigt, eine Löschkanone in Stellung zu bringen, während zwei Techniker in feuerhemmenden Schutzanzügen die verklemmte, weißglühende Tür zum Batterieraum mit schweren Vorschlaghämmern bearbeiteten.
Captain Mboya entdeckte mich, wies seine Leute ein und kam keuchend heran.
„Die Feuerlöscher stehen neben dem Aufzug. Sie müssen den Brandherd von hinten zu packen bekommen, Sir!" Er fuhr sich mit dem Ärmel über das verschwitzte Gesicht. „Sie kennen sich doch aus im hinteren Sektor?"
Für Experimente war das nicht der geeignete Augenblick, auch nicht für persönlichen Ehrgeiz. In der ganzen Zeit, die ich schon auf PANDORA weilte, hatte es für mich keinen Anlaß gegeben, den hinteren Sektor zu betreten. Ich mußte Captain Mboya die Wahrheit sagen.
„Ich würde einen Decksplan benötigen, Captain."

Captain Mboya winkte ab.
„Dann überlassen Sie die Sache McBride, Sir! Für Sie habe ich eine andere Aufgabe ..."
Einer mußte bestimmen, wie man die Verteidigung am wirkungsvollsten organisierte: in diesem Fall Captain Mboya. Als Leitender Ingenieur von PANDORA führte er das Kommando. Daß er die Hilfstruppe, die ich ihm zugeführt hatte, McBride unterstellte, seinem Assistenten, war vernünftig. Für den wortkargen Schotten war die Plattform seine zweite Heimat. Er kannte auf ihr jede Schraube und jeden Niet. Während ich mir den Weg erst umständlich suchen mußte, war er in der Lage, die dreizehn zusätzlichen Feuerwehrleute ohne Umschweife einzuweisen.
„Was soll ich tun?"
„Ich benötige eine Standleitung zum Maschinenraum. Suchen Sie sich einen Apparat, der noch funktioniert."
Captain Mboya eilte zurück in die Rauchschwaden zu seinen Leuten.
Ich wies die Muster an, McBride zu folgen, und machte mich auf die Suche nach einem intakten Wandtelefon. Die meisten Apparate waren durch die Glut außer Betrieb gesetzt und bestanden nur noch aus verschmortem Kunststoff. Das siebente Gerät war heil. Der Maschinenraum meldete sich; Captain Mboya hatte vorsorglich einen Mann zurückgelassen.
„Maschinenraum!"
„Offene Leitung!" erwiderte ich. „Bleiben Sie dran!"
Hinter meinem Rücken übertönte McBrides Stimme

den Lärm. Er war damit beschäftigt, eine zweite Front gegen das Feuer aufzubauen und trieb meine Muster an.
„Los, los, los! Jeder schnappt sich einen Feuerlöscher – und dann immer hinter mir her! Vorwärts, Leute! Das ist keine Übung im Simulator! Diesmal geht's um die Wurst! Los, los!"
Der Ernst der Lage machte ihn spendabel. Er geizte nicht länger mit Worten. Er sprudelte sie aus sich heraus. Sein Vorrat war größer, als ich vermutet hätte.
„Und immer zusammenbleiben! Keiner unternimmt was auf eigene Faust! Alles hört auf meinen Befehl!"
Die Entscheidung war völlig in Ordnung. Für das, was es zu tun galt, war McBride der besser geeignete Mann als ich.
Captain Mboyas schwitzendes Gesicht tauchte aus dem Rauch auf.
„Was ist mit der Leitung?"
„Die Leitung steht, Captain."
„Gut. Sagen Sie ihm, wir brauchen ..."
Was wir brauchten, erfuhr ich nicht. Die Welt ging unter. Die Wand zum Batterieraum verwandelte sich in eine feurige Lohe. Ich fühlte mich hochgehoben. Meine Trommelfelle schmerzten. Ich klatschte wieder auf die Flurplatten. Rauch nahm mir die Luft, Glut hüllte mich ein.
Meine Wahrnehmungen waren zusammenhanglose Bruchstücke. Der Aufprall hatte mich in einen Zustand halber Betäubung versetzt.
Ich versuchte, mich aufzurichten. Die Füße wollten

mich nicht tragen. Jemand half mir. Zwei kräftige Hände hielten mich fest. Captain Mboyas Stimme erklang plötzlich dicht neben meinem Ohr.
„Alles in Ordnung, Sir?"
Ich lehnte an einer Wand, und Captain Mboya stand neben mir. Noch immer rang ich nach Luft, aber meine Wahrnehmungen wurden allmählich zusammenhängender.
„Was ist passiert?"
„Die Fässer mit der Isolierfarbe im Magazin sind in die Luft gegangen. Wir haben ein paar Leute verloren."
„Tot?"
„Keine Ahnung. Sie liegen noch unter den Trümmern."
„Dann muß man sie holen."
Captain Mboya hielt mich fest.
„Wir haben's versucht. Nichts zu machen. Wir brauchen neues Gerät, Sir. Feuerlöscher vor allem. Vorher können wir nichts unternehmen. Die Kanone ist im Eimer."
Wenn er sagte, sie hatten es versucht, dann hatten sie es versucht. Ich blieb stumm. Die Untätigkeit, zu der er gezwungen war, machte ihm genug zu schaffen.
Wie sehr er recht hatte, bekam ich alsbald zu sehen.
Drei oder vier Absauger waren noch in Betrieb und taten ihre Arbeit. Allmählich wurde die Sicht klarer, und das Atmen fiel einem leichter.
Ich starrte auf ein von Flammenbündeln durchzucktes Chaos aus zerfetzten Wand- und Deckenplatten,

geborstenen Rohr- und Kabelleitungen und geknickten Streben.
Mitten in diesem Chaos schrie ein Mann um Hilfe.
Captain Mboya, der neben mir stand, machte ein steinernes Gesicht.
Es war McBride, der schrie. Er lag unter einem heruntergekommenen Stahlträger, und das Feuer fraß sich an ihn heran. Mich schauderte.
McBride war nicht zu helfen. Um an ihn heranzukommen, benötigte man Schutzanzüge – oder zumindest ein paar unverbrauchte Feuerlöscher, die einem vorübergehend eine Gasse öffneten. Die Hitze war mörderisch.
Captain Mboyas Hand schloß sich plötzlich um meinen Arm.
„Sir, Ihre Muster!"
Ich hielt den Atem an.
Sie, meine Muster, handelten ohne Befehl. Während wir auf frisches Gerät warteten, taten sie, was zu tun uns verwehrt blieb. Zwei von ihnen, M 81 und M 99, gingen unerschrocken vor. Gleichgültig gegen die Hitzegrade, die ihnen entgegenschlugen, kämpften sie sich durch das brennende Inferno immer weiter voran: dorthin, wo McBride um Hilfe schrie.
Der Anblick tat mir gut.
Sie waren prächtige Geschöpfe, meine Zöglinge. Und wenn ihre Zwillinge auf dem Cunningham ihnen an Mut, Tatkraft und Hilfsbereitschaft nicht nachstanden, sollte einem um die Zukunft der Astraliden nicht bange sein.

„Was zum Teufel ..."
Captain Mboya preßte meinen Arm.
Wie war das zu verstehen?
M 81 und M 99 waren bei McBride angelangt, und ich konnte sehen, wie er ihnen seinen blutigen Arm entgegenstreckte, aber statt ihn unter dem Träger, der auf ihm lastete, herauszuholen, gingen die beiden an ihm vorüber ohne ein Wort. Ohne ihn eines Blickes zu würdigen. Sie gingen an ihm vorüber wie an einem Gegenstand. Rauch entzog sie der Sicht.
„Das kann doch nicht wahr sein!"
Captain Mboyas Stimme klang heiser.
Es war wahr.
M 81 und M 99 kamen wieder zum Vorschein. Mit vereinten Kräften schleppten sie eine schlaffe Gestalt.
„Sie holen nur die eigenen Leute!"
So war es. Die schlaffe Gestalt war die von M 95. Die Muster bargen ein Muster. McBride, von Flammen umgeben, winkte. Er schrie. Die beiden, die M 95 vor dem sicheren Tod bewahrt hatten, stiegen achtlos über den Träger, unter dem McBride lag, hinweg.
„Hier bin ich! Hier!"
McBride begriff nicht, was geschah.
Die beiden sahen sich nicht um. Sie brachten M 95 in Sicherheit, ohne sich für McBride zu interessieren. Ebenso gut hätte er Luft sein können.
Es war nicht zu fassen. Captain Mboya stöhnte.
„Sie lassen ihn im Stich! Diese Musterschweine lassen ihn im Stich!"

Dann war auf einmal Chesterfield, gefolgt vom Funker Lundt und einem halben Dutzend Laboranten zur Stelle. Sie schleppten die ersehnten Feuerlöscher.

Captain Mboya stieß mich an.

„Kommen Sie!"

Chesterfield und Lundt keuchten neben uns her und sprühten uns eine Bresche in die Glut. Der Stahlträger, unter dem McBride lag, begann zu dampfen.

Captain Mboya zog seine Jacke aus, umwand mit ihr beide Hände und stemmte den Träger hoch.

Ich bückte mich und zog und zerrte McBride darunter hervor. McBrides Lippen bewegten sich. Ich gab darauf nicht acht. Ich stellte ihn auf die Beine, ging in die Knie, und als McBride umkippte, fiel er mir über die Schulter.

McBride schier. Er schrie es mir direkt ins Ohr:

„Da liegt noch einer, Commander! Noch einer von ihren Leuten!"

Ich schleppte ihn aus der Hölle, übergab ihn der Obhut der Laboranten und kämpfte mich zurück.

McBride hatte mir den Weg beschrieben.

Dafür, daß die Muster nicht auch ihn geborgen hatten, gab es nur eine Erklärung: Sie hatten ihn im Durcheinander von Rauch und Flammen nicht entdeckt.

Aber McBride als Kolonnenführer hatte gewußt, daß er dort lag. Und ungeachtet seiner Schmerzen hatte er es uns mitgeteilt.

M 83 lag unter einem Gewirr von verschmorten Kabeln.

Und auch das war nicht zu fassen.
Er war bei vollem Bewußtsein, aber er schrie und jammerte nicht, und der Blick, mit dem er uns empfing, war ohne alle Furcht.
Chesterfield und Lundt hielten die Flammen nieder, während Captain Mboya und ich ihn bargen. Er war auch jetzt höflich wie ein Kavalier am Hof des Sonnenkönigs. Obwohl er mehr tot als lebendig war, sagte er, als wir ihn aufhoben: „Danke, meine Herren."
Captain Mboyas Leute kamen uns entgegen. Mit frischen Feuerlöschern ausgerüstet, gingen sie gegen das Feuer vor.
Die Träger waren zur Stelle, um M 83 in Empfang zu nehmen und in die Klinik zu bringen, in der sich McBride schon befand.
Einmal war es dem Feuer gelungen, uns zu überrumpeln. Nun schlugen wir zurück. Wir trieben es vor uns her. Meter um Meter drängten wir es zurück. Wir eroberten den Batterieraum zurück und das Magazin. Als es Abend wurde, gaben wir dem Feuer den Rest. Kurz vor zwanzig Uhr war es besiegt.
Die Muster hatten bis zuletzt mit Hand angelegt. Ohne ihr Mitwirken wäre die Schlacht verloren gewesen.
Ich entließ sie in ihre Quartiere.
„Sie waren großartig!" sagte ich.
Aber meine Einstellung zu ihnen war eine andere geworden.

8.

Als ich endlich dazu kam, mich in der Messe mit einem Becher Kaffee zu bedienen, war ich zu Tode erschöpft. Nicht einmal, mich umzuziehen, hatte ich die Energie aufgebracht. Die Anstrengungen wirkten nach. Ich war eben nicht mehr der Jüngste. Mir war klar, daß ich stank: nach versengter Kleidung, nach fettigem Ruß, nach Chemie, nach Schweiß.
Chesterfield und ich hatten die Messe für uns allein. Von Professor Jagos Leuten ließ sich keiner sehen, und Captain Mboyas Männer waren noch an der Arbeit: Sie fahndeten nach der Brandursache. Und sie versuchten festzustellen, weshalb die Detektoren nicht Alarm geschlagen hatten.
Wir waren noch einmal davongekommen, aber es wäre unverantwortlich, sich etwas vorzumachen: Von der Katastrophe hatte uns nur noch ein winziger Schritt getrennt. Und mit Hilfe von außen hätten wir nicht rechnen dürfen. Selbst einer der schnellen Rettungskreuzer der UGzRR-Flotte hätte etliche Tage benötigt, um vor PANDORA einzutreffen.

Der Kaffee bekam mir nicht, ich tauschte ihn ein gegen ein Glas Mineralwasser.

Dabei bemerkte ich erst, wie zerschunden meine Hände waren.

Chesterfield schien es nicht viel besser zu gehen als mir. Er stand vor dem Bullauge und starrte stumm den schwarzen Raum an, in dem die Leuchtfeuer ferner Welten glommen.

Neben ihm, auf dem Tisch, stand ein randvolles Wodkaglas. Jemand hatte es ihm spendiert. Bisher jedoch hatte Chesterfield es nicht angerührt.

Ich spürte, daß er von mir eine Antwort erwartete, und dabei wußte ich noch nicht einmal die Frage.

Es mochte auch sein, daß ich sie nicht wissen wollte.

Als irgendwann Captain Mboya polternd hereinkam, war ich fast froh über die Ablenkung.

„Ich glaub', wir haben den Übeltäter."

„Und?"

„Mäuseschiß auf einem Relais. Die Technik wird immer anfälliger. Ich brauch' ein Bier."

Der Bierautomat streikte. Captain Mboya versetzte ihm einen Fußtritt. Der Bierautomat gehorchte. Captain Mboya leerte sein Glas in einem Zug.

Der strenge, bittere Gestank des Schlachtfeldes haftete auch an ihm. Der Overall, den er trug, war reif für den Verwerter.

Das zweite Glas trank er langsam. Er kostete die Pause aus.

„Übrigens", sagte er, „McBride wird durchkommen."

„Die erste gute Nachricht heute", erwiderte ich. „Was wissen Sie über das Befinden der anderen?"
Der Blick, den er mir zuwarf, gefiel mir nicht.
„Das fragen Sie besser Professor Jago, Sir, nicht mich", sagte er.
Die Frage, die ich nicht kennen wollte, brauchte gar nicht erst gestellt zu werden. Wir waren beim Thema. Das Problem war allgegenwärtig.
„Hören Sie schon auf zu grollen!" gab ich zurück. „Ohne die Hilfe meiner Schüler hätten wir das Feuer niemals unter Kontrolle gebracht."
Captain Mboya stellte sein Glas hin, schob Chesterfield vom Bullauge fort und klopfte gegen die Scheibe.
„Die Milchstraße!" sagte er.
„Die neue Welt!" sagte ich.
„Cunningham ist unterwegs!" sagte er.
„Unaufhaltsam!" bestätigte ich.
Das Gesicht, das er mir zuwandte, war müde und grau. Was an ihm zehrte, spürte ich, hatte mit der körperlichen Erschöpfung nichts zu tun.
„Ich bin nur ein lausiger Nigger aus dem afrikanischen Busch", sagte er, „ein Kanake, aber, weiß Gott, ich bin stolz darauf. Denn Kanake bedeutet Mensch." Er warf den Kopf in den Nacken. „Auch McBride ist ein Kanake. Auch Chesterfield." Ich ahnte, was kommen würde. Mboyas schwarzer Zeigefinger war plötzlich auf meine Brust gerichtet. „Sie, Sir, sind auch ein Kanake."
Er atmete schwer.

„Worauf wollen Sie hinaus, Captain?" fragte ich.
Captain Mboya schüttelte den Kopf.
„Sir, sehen Sie denn nicht, was da auf uns zukommt: diese neue Welt? Ich habe Angst vor dieser Menschheit aus der Retorte. Ich möchte es nicht zu tun haben mit Mustern und mit Zwillingen. Aber wahrscheinlich rührt meine Abneigung daher, daß ich einfach nur Kanake bin."
Captain Mboya stampfte hinaus, zurück an die Arbeit. Auf der Schwelle wandte er sich noch einmal um.
„PANDORA wird sich einen anderen Chief suchen müssen. Ich kündige."
Chesterfield, der stumm zugehört hatte, trat an mich heran.
„Captain Mboya hat recht, Sir!" sagte er. „Was er sagt, ist genau das, was ich denke."
Ich winkte ab.
„Captain Mboya ist ein Hitzkopf, Gregor", erwiderte ich. „Man darf diesen Ausbruch nicht überbewerten. Er wird sich schon wieder beruhigen. Im Augenblick ist er aufgebracht wegen der Sache mit McBride."
„Und Sie sind nicht aufgebracht, Sir? Für die Muster wäre es ein Klacks gewesen, McBride zu bergen. Er hat geschrien, er hat sie angefleht. Sie haben sich nicht darum gekümmert. Wenn es nach ihnen gegangen wäre, hätte er glatt verrecken können." Chesterfields Stimme bebte vor Empörung. „Es sind Monster, Sir!"
Was in dem Jungen vorging, verstand ich gut. Aber er

verrannte sich. Er ließ sich in der Ablehnung des Projektes leiten von Emotionen.
„Es sind Menschen aus der Retorte", hielt ich ihm entgegen. „Und wie alle Menschen haben sie Fehler. Selbst Professor Jago gibt das zu. Aber soll man deswegen das Projekt abblasen?"
Chesterfield suchte nach Worten.
„Sir ..."
„Gregor", sagte ich, „auf PANDORA wird Geschichte gemacht. Der Mensch ergreift Besitz vom Universum. Der Astralid ist die Summe seiner Erfahrung, seines Wagemutes, seiner Intelligenz. Geben Sie ihm eine Chance, sich zu vervollkommnen!"
Hatte der Junge mir überhaupt zugehört. Ich sah Enttäuschung in seinen Augen.
„Sir", sagte er, „man muß mit der Sache Schluß machen, so lange das noch möglich ist!"

Auf dem Weg zur Klinik dachte ich darüber nach, womit ich Gregor Chesterfield hätte überzeugen können, daß das Projekt weitergeführt werden mußte. Sein Aufbegehren war etwas, was ich sehr gut begriff. Ich verstand auch Captain Mboyas Zorn. Aber auch Professor Jagos Standpunkt war mir nicht fremd. Etwas von der Faszination, die vom Projekt ausging, erreichte auch den Ausbilder. Ich war zwiegespalten. Aber die Faszination überwog.
Jenseits aller Faszination freilich begann sich eine geheime Sorge zu formen. Und obwohl es für diese Sorge noch keinen Namen gab, fühlte ich mich in

meinem Verhalten durch sie bestimmt: Der Ausbilder, der sich für seine Zöglinge verantwortlich hielt.
In der Klinik begrüßte ich McBride, der schon wieder so gut beieinander war, daß er kaum ein Wort über die Lippen brachte, und wandte mich dann der Muster-Station zu.
Olga Orlow fing mich ab, bevor ich eintrat.
„Sie sind am Operieren, Commander", sagte sie, „immer noch."
„Und wie sind die Aussichten?"
„Für M 95?" Sie hob die Schultern. „Man tut, was man kann, aber Professor Jago spricht bereits von Ersatz."
Ich schluckte. M 95 war mein bester Schüler. Ein rascher Verstand, eine wache Intelligenz ... Ach, verdammt, ich fing schon an, wie einer dieser Wissenschaftler zu denken: in Mustern und Zwillingen.
„Er ist – Sie müssen das verstehen – immerhin einer von meinen Jungs!" sagte ich. „Ich habe ihn ausgebildet."
„Er ist ein Muster", widersprach sie, „genau wie M 83, der Ihnen sein Leben verdankt."
„Und wie geht's ihm?"
Im Lautsprecher wurde ihr Name aufgerufen. Sie hatte es eilig, sich zu verabschieden.
„M 83 wird morgen wieder zum Unterricht erscheinen", antwortete sie. „Aber verrennen Sie sich nicht in zu große Anhänglichkeit, Sir. M 83 wird es nicht für nötig erachten, sich bei Ihnen zu bedanken. Dankbarkeit ist den Astraliden unbekannt."

9. *Auszug aus Martin Seebecks „Pandora-Report"*

Es geschah an jenem Tag, an dem die Erde außer Sicht geriet.
Man kann auch sagen: Es geschah an einem x-beliebigen Tag. Keine Anzeichen hatten gewarnt. Das Schicksal schlug zu wie der Blitz aus heiterem Himmel – so unzutreffend dieser Vergleich auch sein mag.
Vierundzwanzig Stunden zuvor war die Erde zum letzten Mal registriert worden. Im elektronischen Tagebuch, in dem sowohl Position wie Kurs festgehalten wurden, tauchte sie an letzter Stelle auf. Inzwischen jedoch war das Verhältnis von wachsender Entfernung und dem Volumen des Planeten so groß geworden, daß der Sichtkontakt abriß.
Und damit trat die Navigationstabelle II in Kraft, die ausführlich genug besprochen worden war.
Unter einem rußschwarzen Himmel, eine einsame Materiekonzentration inmitten eines Raumes von unvorstellbarer Leere, hielt der Komet Cunningham, nachdem er den planetarischen Vorposten Pluto passiert hatte, auf das Sternbild Schwan zu.

Der Zeitplan war so unbeirrbar wie der Gang einer Atomuhr. Es gab keinen Anlaß zu Eile. Das Schiff, an dem die Engineer-Roboter bauten, wurde noch nicht benötigt, aber man konnte gewissermaßen Gift darauf nehmen, daß es klar zum Start sein würde, sobald man es brauchte.

Die Ausbildung der Astronauten war in vollem Gange. Leerlauf war im Camp Astralid unbekannt. Auch an diesem Tag ließ *Mutterleib II* pünktlich seine Stimme ertönen – anfangs in Form einer Sirene, die sich über dem ICN erhob, hernach mit der barschforschen Aufforderung:

„Nun aber mal Beeilung, Herrschaften! Bitte, nehmen Sie Ihre Plätze ein!"

Für die Zwillinge begann ein neuer Tag der Ausbildung. Es galt nachzuholen, was man tags zuvor wegen einer kommunikativen Panne versäumt hatte. Die Abnabelung rückte näher. Die Zwillinge sehnten diesen Augenblick herbei, um endlich das Erlernte in die Tat umsetzen zu können: auf kühnem Flug zu unerforschten Welten. Doch sie waren einsichtig genug, um die Notwendigkeit einer gründlichen Ausbildung anzuerkennen.

Der Morgenappell begann. *Mutterleib II* kontrollierte die Anwesenheit: reine Routine.

„Z 93?"

„Hier."

„Z 80?"

„Hier."

„Z 83?"

„Hier."
„Wie fühlen Sie sich heute?"
„Ich bin okay, Mutterleib."
„Freut mich zu hören. Und wie steht es mit Z 95? ...
Z 95!"
Vom Z 95 kam keine Antwort. *Mutterleib II* zeigte sich verärgert und nahm den Anlaß wahr, um einmal mehr über die Elemente Pünktlichkeit und Zuverlässigkeit zu reden, den beiden Säulen eines reibungslosen Zusammenlebens. Im ICN hätte man das Fallen einer Stecknadel vernehmen können, so still war es. Vor den Fenstern stand, schwarz und unergründlich, der leere Raum.

Doch jenseits dieses Ozeans aus Nichts funkelte und leuchtete die Inselwelt der Verheißung: die Millionen und Abermillionen Eilande der Milchstraße.

Für sie gab es in der Sprache von *Mutterleib II* eine nüchterne Bezeichnung:

Die Aufgabe.

Auf den Simulatoren setzte das Programm ein. Die Muster auf PANDORA waren an der Arbeit.

Mutterleib II nannte die Muster gelegentlich *die Mohren. Sie tun ihre Schuldigkeit. Das ist kein Anlaß für das Entwickeln von verwandtschaftlichen Gefühlen. Klar? Mohren werden benutzt und weggeworfen.* Ein Hauch Shakespeare war ihm eigen.

An diesem Tag, an dem die Erde außer Sicht geriet, wurde im Camp Astralid der Unterricht dadurch beeinträchtigt, daß Z 92 ausgeschickt werden mußte, um festzustellen, weshalb Z 95 fehlte.

10.

Dr. Benzingers Assistentin hatte mir den Rat erteilt, mein Herz nicht zu sehr an meine Schüler zu hängen. Sie sprach aus Erfahrung. Wenn ich beizeiten auf sie gehört hätte, wäre mir manches erspart geblieben. Aber fast bis zuletzt war es mir nicht möglich, in meinen adretten Zöglingen Muster ohne Wert zu sehen. Wahrscheinlich übte ich den falschen Beruf aus. In der Unabhängigen Gesellschaft zur Rettung Raumschiffbrüchiger (UGzRR), deren Erster Vormann ich unverändert war, wurde die Ehrfurcht vor dem Leben groß geschrieben.
Als M 95 seinen Verletzungen erlag, war ich tief betroffen, und ich denke, daß jeder normale Hochschullehrer mir das nachempfinden kann. Da investiert man all sein Wissen, all seine Kraft, all seine Geduld in einen vielversprechenden jungen Menschen – und eines Tages steht man fassungslos vor der leeren Bank.
M 92 überbrachte mir die Nachricht. Zu Beginn des

Unterrichts hatte ich sie losgeschickt, um ihrem Kameraden unsere Genesungswünsche zu überbringen. Als sie das ICP wieder betrat, hatte ich gerade die Navigationstabelle II eingeblendet. Mitten in der Erklärung brach ich ab und sah M 92 an. Sie hatte einen Kaugummi zwischen den Zähnen.
„Haben Sie mit ihm gesprochen?"
Ihr Kauen wurde langsamer.
„Hab' ich nicht."
„Weshalb? Hat man Sie nicht vorgelassen?"
„Hat man doch."
„Also waren Sie bei ihm, und es ging ihm nicht gut?"
Sie manövrierte den Kaugummi von einer Backenseite zur anderen.
„Er ist tot, Sir. Ein Mann weniger im Team. Das bedeutet zusätzliche Aufgaben für uns alle. Und ausgerechnet jetzt muß ich die Einführung in die Navigationstabelle Zwo versäumen!"
M 92 warf mir einen vorwurfsvollen Blick zu und begab sich auf ihren Platz.
Ich sagte: „Beschäftigen Sie sich eine Weile allein! Ich komme gleich wieder."
Professor Jago empfing mich sofort. Als ich eintrat, saß er hinter seinem Schreibdeck und sprach seinen Tagesrapport in den Aufzeichner. Er brach ab, stand auf und überließ mir fünf schlaffe Finger. Ich bekam einen Sessel zugewiesen. Er räusperte sich und sah mich an.
„M 95, Commander?"
„Ich habe es soeben erst erfahren."

„Ich weiß. Ich hätte Sie verständigen sollen."
„Er war nur ein Muster. Richtig?"
Professor Jago schnippte ein unsichtbares Staubkörnchen vom Schreibdeck.
„Der Verlust an sich ist zu bedauern. Ein Muster der Achtziger-Serie einzubüßen, wäre mir lieber gewesen. Aber die Ersatzfrage ist schon geklärt."
Ich verstand nicht, was er meinte, und er sah es mir an.
„Sie brauchen sich darüber nicht den Kopf zu zerbrechen, Commander", sagte er. „Wir haben eine Lösung gefunden, die am ICP vorbeigeht. Mit anderen Worten, wir verzichten auf ein neues Muster und ersetzen nur den Zwilling. Alle genetischen Anweisungen gehen direkt an *Mutterleib II* auf dem Cunningham." Professor Jago sah auf die Uhr und legte die Stirn in Falten. „Ihnen erwachsen also keinerlei Probleme. Das war's doch, was Sie wissen wollten."
Falls ich ihm erwidert hätte, daß es wirklich nicht das war, was zu hören ich gehofft hatte –: er hätte es nicht verstanden.
„Wenn es Ihnen recht ist, Professor", gab ich zurück, „lasse ich heute den Unterricht ausfallen."
Er beschäftigte sich mit seinen Aufzeichnungen.
„Sie sind der Ausbilder", sagte er, „und für das ICP verantwortlich. Wenn Sie einen Anlaß sehen, den Unterricht ausfallen zu lassen, dann tun Sie das. Ich selbst sehe diesen Anlaß nicht."
„Immerhin", erwiderte ich, „war M 95 einer von uns."

Er blickte auf.

„Er war ein austauschbares Muster", belehrte er mich, „nichts sonst. Vielleicht wird es Sie befriedigen zu hören: der Ersatz wird besser sein. Wir haben durch diesen Unfall dazugelernt. Der neue Z 95 wird aus einer veränderten genetischen Verbindung hervorgehen."

Es sprach von seinen Experimenten, als ginge es darin um Mäuse. Vielleicht war er der Ansicht, mein Interesse geweckt zu haben, denn er fügte hinzu:

„Unser Endziel ist der unzerstörbare Astralid – Zellgewebe, das sich im Fall einer gewaltsamen Beschädigung von selbst erneuert. Dank M 95 sind wir auf diesem Weg ein gutes Stück vorangekommen."

Das Gespräch blieb für mich enttäuschend. Ich verabschiedete mich. Professor Jago blickte plötzlich fragend.

„Noch eins, Commander! Wie haben Ihre ... äh ... Schüler die Nachricht aufgenommen?"

„Sehr sachlich", antwortete ich.

Er nickte befriedigt.

„Sehr gut."

Wir beide hatten nicht viel miteinander gemeinsam, aber wahrscheinlich mußte man in seinem Beruf so sein, wie er war, um es zu etwas zu bringen. Ich fühlte mich von ihm abgestoßen, aber zugleich erlag ich doch immer wieder der Faszination seiner Persönlichkeit. Wovon andere Wissenschaftler vor ihm nur geträumt hatten, war für ihn greifbar nahe: Mit dem

Astraliden schuf er den neuen Menschen, der vom Universum Besitz ergriff. Und mein Wissen und meine Erfahrung halfen dabei mit. Irgendwann einmal würden gedankenschnelle Schiffe den Ozean der Milchstraße durcheilen: auf Routen, die ich mit Hilfe des ICPs vorgeplant hatte.
Einem plötzlichen Impuls folgend, begab ich mich ein Deck tiefer und betrat die Klinik. Was ich dort wollte, wurde mir eigentlich erst klar, als mir einer der Helferinnen im gestärkten blütenweißen Kittel erklärte, daß ich zu spät kam.
„Zu M 95?"
„Er war mein Schüler."
„Ist schon weg."
„Wie?"
Ich mußte ihr vorkommen wie ein Hintermondler, der von nichts eine Ahnung hat. Ihr Tonfall wurde schnippisch.
„Bei den Mustern geht das ruckzuck!" erklärte sie. „Da wird nicht viel Aufhebens gemacht. Was wollten Sie denn noch mit ihm?"
Was wollte ich? Was hatte mich hergeführt? Ich hatte nicht darüber nachgedacht. Plötzlich wußte ich es. Ich war gekommen, um mich von M 95 zu verabschieden, um meinem Schüler und Zögling die letzte Ehre zu erweisen.
Ich machte kehrt und ging hinaus.
Vor einem der Bullaugen blieb ich stehen. Der Silberglanz der Sterne war immer noch Balsam für meine Seele gewesen. Mich fror. Ich starrte hinaus und

zwang mich, die Trauer, die von mir Besitz zu ergreifen trachtete, in ihre Schranken zu verweisen.
Verdammt, dachte ich. Verdammt. Verdammt.
Dabei wußte ich nicht einmal, wen oder was ich meinte.
Vor dem Bullauge glommen die gewohnten Leuchtfeuer. Andromeda überschüttete mich mit ihrem flimmernden Glanz.
Und wieder verspürte ich die alte Sehnsucht.
Da lag sie vor mir, die neue Welt, Eiland um Eiland, und blieb doch immer für mich unerreichbar, denn für die Ausfahrt in diesen Ozean der Lichtjahre war mein Leben zu kurz.
Dem Kometen Cunningham machte dieser Ozean nichts aus. Sein Zeitmaß war das von Ewigkeiten. Und der Astralid, den er in diese Unendlichkeit hinaustrug, auf daß er, sich mehrend, von einer Eroberung zu anderen schritt, war unser Stellvertreter. Auch meiner. Er war aus unserem Fleisch und Blut gezeugt, mit unserem Geist belebt. Mit ihm trat die auf der Erde begonnene Zivilisation ein in die Phase der Vollendung.
Warum also diese Zweifel?
Und gab es nicht in Metropolis die aufsichtführende Kommission? Bisher hatte sie dem Projekt ihren Segen nicht entzogen.
„Commander..."
Ich wandte mich um. Captain Mboya hatte seinen Kontrollgang unterbrochen.
„Captain?"

Er trug einen frischen Overall, und an die Gefahren und Anstrengungen der großen Schlacht erinnerten nur die versengten Wimpern und Augenbrauen in seinem ebenholzschwarzen Gesicht.
„Es tut mir leid, Sir."
„Ja. Ich habe ihn gemocht."
„An Ihrer Stelle, glaube ich, würde ich genauso empfinden, Sir. Man kommt nicht so einfach darüber hinweg."
„Es ist nicht leicht, an meiner Stelle zu sein, Captain."
„Da haben Sie recht, Sir. Ich möchte mit Ihnen nicht tauschen."
Captain Mboya setzte seinen unterbrochenen Kontrollgang fort. Unser Wiedersehen stand unter keinem guten Stern. Seine letzten Worte hatten geklungen wie eine Anklage. Es war nur richtig, daß er sich ablösen ließ. Wenn man den Anforderungen eines Projekts nicht gewachsen ist, muß man die Konsequenzen ziehen.
Ich kehrte in das ICP zurück, um den Unterricht offiziell zu beenden. Professor Jago mochte es mit den Mustern halten, wie er wollte. Ich hielt mich an meine eigenen Regeln.
Meine Muster-Schüler waren an der Arbeit. Sie rekapitulierten die Aufgaben der letzten Woche. Ihr Fleiß und ihre Wißbegier waren wirklich bewundernswürdig. Ihre Intelligenz wurde von Lektion zu Lektion unersättlicher. Eine unrühmliche Ausnahme bildeten lediglich M 92 und M 99. Die beiden waren am Plaudern und Kichern.

Während die anderen ihre Boxen räumten, winkte ich die beiden Faulpelze zu mir heran. Sie näherten sich mir Hand in Hand.
Und eben dies ging mir gegen den Strich.
„M 92", erkundigte ich mich streng, „waren Sie nicht noch gestern die Freundin von M 95?"
Ihr Blick war von bewegender Unschuld.
„Ja, Sir. Weswegen fragen Sie?"
Ich sagte es ihr ins Gesicht: klipp und klar. Mochte es mich etwas angehen oder nicht. Ein Gefühl in mir rebellierte.
„Ich will nur wissen, ob Sie ihn nicht vermissen. Antworten Sie!"
M 92 dachte nach. Bevor sie sich entschied, tauschte sie einen raschen Blick mit M 99. Sie kicherte ein wenig.
„Ich glaube, Sir", erwiderte sie, „M 99 ist genau so gut."

11.

An einem dieser Tage geschah es, daß ich unerwarteten Besuch erhielt.
Es war spät am Abend, und ich war mit M 87 am Pauken, ohne mich durch den Lärm beirren zu lassen, den die Aufräumarbeiten im Deck über mir verursachten. McBride, wieder auf den Beinen, führte dabei die Aufsicht.
Die Nachhilfe trug Früchte. M 87 entwickelte sich mehr und mehr zu einem völlig normalen Schüler, an dem selbst Professor Jago nichts mehr auszusetzen haben dürfte.
Als es an der Tür klopfte, sagte ich nicht gleich „Herein", sondern schob zuvor M 87 in den Duschraum. Von dort führte ein Notausgang, der nur von innen zu öffnen war, in eines der Treppenhäuser.
„Hast du alles verstanden?"
M 87 war von meinen Zöglingen der einzige, den ich, sobald wir unter vier Augen waren, duzte. Er strahlte mich an.
„Alles klar, Sir."

„Dann hau ab! Verschwinde! Bis morgen!"
Als er fort war, ging ich zur Kammertür und machte auf. Vor mir stand der eulengesichtige Leiter der Fachgruppe Biochemie, Dr. Julius Benzinger. Blinzelnd spähte er über meine Schulter.
„Ist er weg?"
„Wer?"
Dr. Benzinger winkte ab.
„M 87! Mir machen Sie doch nichts vor, Commander. Aber deswegen bin ich nicht hier."
„Und weswegen dann?"
„Es gibt Dinge, die lassen sich nicht zwischen Tür und Angel bereden, Commander. Ich benötige Ihre Unterstützung."
Dr. Benzinger schwäbelte sogar, wenn er Metro sprach. Er war ein ruhiger Mann von umgänglichem Wesen und, wie man sich so erzählte, einem guten Tropfen nicht abgeneigt. Dienstlich hatten wir nichts miteinander zu tun.
Ich räumte einen Sessel frei, und er ließ sich nieder. Seine dicken Brillengläser glänzten, als sein Blick den meinen suchte.
„Sie stellen keine Fragen, Commander?"
„Ich kann warten."
Er nickte.
„Schön. Kommen wir gleich zur Sache." Er griff in die Tasche, brachte eines der üblichen LT-Kurierpostblätter zum Vorschein und legte es vor mich auf den Tisch. Das Schreiben war gerichtet an die aufsichtführende Kommission. „Die Wahrheit, Sir."

Ich fühlte mich peinlich berührt. Mit den Querelen der Wissenschaftler wollte ich nichts zu tun haben.
„Welche Wahrheit, Doktor?"
Er beugte sich vor, und nun erst roch ich seine Fahne.
„Über das, was hier so läuft, Commander. Professor Jagos Berichte sind unvollständig und einseitig."
In der Sprache, in der ich mich auszudrücken gewohnt war, nannte man, was geschah, kurz und bündig Meuterei.
Von rechtswegen mußte ich Dr. Benzinger die Tür weisen. Ich wollte es tun – und tat es dann doch nicht, weil es in der schwäbelnden Stimme dieses Mannes etwas gab, was mich zögern ließ: Entschlossenheit und Ernst.
Es mochte sein, daß er sich Mut angetrunken hatte, bevor er zu mir kam, aber er war alles andere als betrunken.
„Sie stellen sich gegen Ihren Vorgesetzten", sagte ich. „Warum?"
Er sah mich an.
„Es gibt Grenzen, die man nicht überschreiten darf", erwiderte er, „auch nicht als Wissenschaftler. Das Projekt hätte schon längst abgebrochen werden müssen."
„Aber Professor Jago ist nicht dieser Ansicht?"
„Er lehnt jede Diskussion darüber ab."
„Und was habe ich damit zu tun, Doktor?"
Dr. Benzinger deutete auf das Schriftstück, das ich noch nicht angerührt hatte.

„Es ist ein Appell. Ich sammle Unterschriften. Die Ihre, Sir, hätte etliches Gewicht."

Einen Mann, der im Begriff steht, seine Karriere zu ruinieren, weil er sich der Wahrheit verpflichtet fühlt, stößt man selbst dann nicht gern vor den Kopf, wenn er eine Fahne hat. Ich zog das Schreiben an mich heran und überflog es.

Drei Punkte waren herausgegriffen.

Der tragische Tod des Elektrikers im Zusammenhang mit dem empörenden Benehmen von M 88.

Die unterlassene Hilfeleistung im Fall McBride: einem der unseren.

Die Gleichgültigkeit gegenüber dem Tod von M 95: einem der ihren.

Ich blickte auf.

„Ich gebe zu, daß auch ich mir Gedanken mache, Doktor", sagte ich. „Und deshalb vermisse ich bei Ihrer Art der Darstellung den positiven Gesichtspunkt: die Bergung von M 95. Daß er hernach seinen schweren Verletzungen erlag, kann nun wirklich nicht meinen Schülern angelastet werden."

Dr. Benzinger wiegte den Kopf.

„Sie lassen sich von diesem Ereignis blenden, Commander!"

„Die Muster haben den Jungen aus dem Feuer geholt!" beharrte ich.

„Aus reinem Egoismus!" erklärte er. „Ein Mann weniger im Team, so funktioniert ihre Denkweise, bedeutet für die anderen ein Mehr an Arbeit."

„Das ist doch nur eine Vermutung, Doktor."

Seine Augen blickten auf einmal müde. Ich spürte seine Enttäuschung. Es war ihm nicht gelungen, mich zu überzeugen.
„Es ist keine Vermutung", antwortete er schließlich mit brüchiger Stimme. „Es ist Programm. Professor Jago selbst hat den genetischen Bauplan erarbeitet. Was Sie für eine brüderliche Tat gehalten haben, entsprang in Wirklichkeit reinem Zweckdenken."
Ähnliches war mir schon durch den Sinn gegangen. Ich weigerte mich, diesem Gedanken Raum zu geben. Hatte mich M 87 nicht soeben noch dankbar angestrahlt? Man durfte von diesen rasch gereiften Retortenkindern nicht zu viel erwarten.
„Hören Sie", gab ich zurück, „auch Adam und Eva haben nicht gleich mit Messer und Gabel gegessen! Ich werde mit Professor Jago reden. Möglicherweise hat er den Faktor Erziehung nicht hoch genug bewertet."
Ich sah es seinem Blick an, was er von meinem Vorschlag hielt. Dr. Benzinger war der Fachmann. Er war mit den Mustern schon vertraut gewesen, als sie noch Inhalt von Reagenzgläsern gewesen waren.
„Glauben Sie mir, Commander: Ich verstehe Ihren Standpunkt. Sie haben viel Zeit und viel Arbeitskraft in die Ausbildung der Muster investiert – um nicht zu sagen: sehr viel Liebe. Aber man muß den Dingen ins Auge sehen."
Er wartete auf einen Einwand.
Ich schwieg.
Was er zuletzt gesagt hatte, traf zu. Was mich zwang,

mich immer wieder schützend vor meine Zöglinge zu stellen, war mehr als nur der Gedanke an vergeudete Zeit und Arbeitskraft. Dr. Benzinger hatte den Nagel auf den Kopf getroffen.
Er hob eine Hand.
„Das Projekt, Commander, beginnt zu einer öffentlichen Gefahr zu werden. Wir züchten asoziale Intelligenzbestien – Monster. Der Himmel sei uns normalen Sterblichen gnädig, wenn sich diese Brut über die ganze Milchstraße ausbreitet."
Das Schreiben an die aufsichtführende Kommission enthielt die dringende Bitte, für einen sofortigen Abbruch des Projekts Astralid Sorge zu tragen.
Außer der Unterschrift von Dr. Benzinger trug es die Unterschriften von Captain Mboya und Gregor Chesterfield.
Ich schob ihm die Folie zu.
„Wenn Sie das abschicken, Doktor", sagte ich unverblümt, „werden Sie sich einen anderen Beruf suchen müssen."
Er seufzte, steckte das Schreiben ein und verließ mich.
Mir fiel ein, daß Olga Orlow, seine Assistentin, nicht mit unterschrieben hatte.

12. *Auszug aus Martin Seebecks „Pandora-Report"*

In Metropolis war die aufsichtführende Kommission zu einer außerordentlichen Sitzung zusammengetreten. Der Antrag hierzu war von der Weltwacht gestellt und von der ORA unterstützt worden, die, wie man weiß, ein Tochterunternehmen der VEGA ist. Man kann auch sagen, daß John Harris, der einarmige Direktor der VEGA, dem von Gerlinde Tuborg gestellten Antrag mit seiner Autorität das nötige Gewicht verlieh.
Harris war alles andere als ein wankelmütiger Mensch. Die Angriffe durch gewisse Medien, denen sich das Projekt Astralid seit geraumer Zeit ausgesetzt sah, hatten ihn stets kalt gelassen. Doch Dr. Benzingers Appell ließ sich nicht einfach vom Tisch wischen. Die Sache mußte geklärt werden.
Harris gehörte der Kommission nicht an, aber als Chef der ORA, die die Plattform in das gemeinschaftliche Unternehmen eingebracht hatte, mochte sein Wort – so oder so – den Ausschlag geben.
Das Projekt Astralid stand auf der Kippe.

Professor Pallasch war diesmal lediglich als Gast geladen. Obwohl er bemüht war, sich seine Erregung nicht anmerken zu lassen, war seine Nervosität nicht zu übersehen. Als Gerlinde Tuborg eintrat und ihren Platz einnahm, würdigte er sie keines Blickes.
Es war der 2. Dezember, und das Projekt Astralid stand unmittelbar vor seinem erfolgreichen Abschluß. Nur noch eine Woche – und die Abnabelung der Zwillinge konnte stattfinden.
Die Abnabelung *mußte* stattfinden, denn allmählich wurde die Entfernung zu groß für den kommunikativen Computerverbund von *Mutterleib I* und *Mutterleib II*.
Eine Woche noch, dachte Professor Pallasch, eine Woche: sieben Tage ...
Und er dachte auch: Man sollte dieser Weltwacht-Tante den Mund stopfen! Ohne sie hätte es mit der Kommission nicht den geringsten Ärger gegeben.
Der Tag war stürmisch. Draußen tobte die atlantische Brandung. Harris mußte lauter als gewöhnlich sprechen, um sich verständlich zu machen.
„... Gelegenheit, noch einmal das Gewissen zu überprüfen. Sie werden darüber zu entscheiden haben, ob das Projekt Astralid zu Ende geführt werden soll. Die sehr kritische Anmerkung zum Projekt, die ein gewisser O'Connery, bekannt als Pater Himmlisch, mir zugeleitet hat, ist Ihnen bereits bekannt ..."
Klerikales Geschwätz! dachte Professor Pallasch. Wenn es nach den O'Connerys ginge, wäre die Erde immer noch eine Scheibe!

„Man mag zu diesen Ausführungen stehen, wie man will", fuhr Harris fort, „aber die Pflicht gebietet mir bekanntzugeben, daß Pater Himmlisch inzwischen unerwartet Unterstützung bekommen hat ... von einem Mitarbeiter des Projekts und intimen Kenner der komplizierten Materie. Bitte, Miss Tuborg!"
Gerlinde Tuborg, das Persönchen, legte den am Vortage eingetroffenen Brief unter den Lichtkegel der Leselampe.
Professor Pallasch sprang auf. Obwohl nur Gast, unternahm er einen massiven Versuch, die Tagung in seinem Sinne zu beeinflussen.
„Im Namen der Pan Develop erhebe ich Einspruch!" verkündete er mit seidenweicher Stimme, die den unnachgiebigen Stahl gleichwohl erahnen ließ. „Wenn mich nicht alles täuscht, soll die Kommission zum Spielball einer perfiden Intrige mißbraucht werden. Denn anders als eine Intrige, eine üble Verleumdung, läßt sich dieser Brief von Dr. Benzinger nicht bezeichnen!"
Die verkappte Drohung verfehlte ihre Wirkung. Harris gab sich gelassen.
„Ist Ihnen der Inhalt des Briefes bekannt, Professor?"
„Ich weigere mich, ihn zur Kenntnis zu nehmen. Aber ich werde dafür sorgen, daß sein Absender vor ein Standesgericht gestellt wird."
Harris blieb kühl.
„Bitte, das steht Ihnen frei!" erwiderte er. „Hier jedoch ist Ihre Einmischung unerwünscht."

Professor Pallaschs Gesicht versteinerte. Er setzte sich wieder.

Das Persönchen verlas den Brief.

Bereits der einleitende Satz machte deutlich, daß der Brief alles andere darstellte als die Verleumdung eines Vorgesetzten. Der Satz lautete:

„Getrieben von der Sorge um den Fortbestand unserer irdischen Zivilisation, wende ich mich, da Professor Jago meinen Einwendungen leider kein Gehör schenkt, unmittelbar an die aufsichtführende Kommission mit der dringenden Bitte, die folgenden Sachverhalte kritisch zu prüfen ..."

Das Persönchen verlas Dr. Benzingers Brief mit lauter und fester Stimme.

Dr. Benzinger schilderte darin seine Beobachtungen und kam dann zu dem Schluß:

„Obwohl Professor Jago längst zur gleichen Einsicht gelangt sein muß wie ich, zu der Einsicht, daß das Ergebnis unserer Arbeit anders ausgefallen ist als erhofft und daß in der Gestalt des Astraliden ein durch und durch amoralisches, asoziales, dabei jedoch hochintelligentes Ungeheuer auf die Welt losgelassen wird, kann er sich zu einem Abbruch des Projektes nicht entschließen. Bei allem menschlichen Verständnis, das ich seiner Haltung entgegenbringe, scheint mir der umgehende Abbruch dringend erforderlich zu sein."

Gerlinde Tuborg blickte auf.

„Der Brief", sagte sie, „ist zusätzlich unterzeichnet von den PANDORA-Angestellten Captain Henry

Mboya und dem Astronautenanwärter Gregor Chesterfield."
Konsul Lapierre hob flüchtig die Hand, um sich zu Wort zu melden. Am Mittelfinger sprühte ein kirschkerngroßer Brillant.
„Meiner Ansicht nach", erklärte er, „darf man ein Projekt dieser Größenordnung nicht nur mit der moralischen Elle messen. Was heißt Ungeheuer? Die Frage sollte lauten: Sind sie in der Lage, ihre Arbeit zu tun oder nicht – in diesem Fall, die Eroberung der Milchstraße einzuleiten? Das Projekt abzubrechen würde bedeuten, unzählige Milliarden sinnlos vergeudet zu haben. Ich vertraue auf eine Entscheidung der Vernunft."
Harris nickte.
„Wir werden um eine Entscheidung nicht herumkommen. Sie braucht nicht einstimmig zu fallen. Eine Mehrheitsentscheidung genügt."
Bislang, kann man sagen, hatte das Projekt Astralid blühen und gedeihen können, ohne daß die aufsichtführende Kommission, nachdem sie ihm am 8. September ihre grundsätzliche Zustimmung erteilt hatte, sich störend bemerkbar machte.
Ihr erging es wie vielen anderen aufsichtführenden Kommissionen, mit deren Einführung eine gesellschaftliche Projektkontrolle erreicht werden sollte: teils verzettelte sie sich in umständlichen Diskussionen, teils dämmerte sie, ein lustloses Pflichtorgan, dahin. Wann immer sie zusammengetreten war, hatte es an Auseinandersetzungen nicht gefehlt, aber Ger-

linde Tuborg war es nie gelungen, ihrem erklärten Widersacher in der Kommission, dem geschäftigen Konsul Paul Lapierre, jene klare Mehrheit abspenstig zu machen, die sie brauchte, um das Projekt zu Fall zu bringen. Einmal, als sie Lapierre bezichtigte, von der Pan Develop, Inc., gekauft zu sein, mußte sie dies auf einen Gerichtsbeschluß hin mit dem Ausdruck des Bedauerns zurücknehmen: *da ein jedes Kommissionsmitglied nur seinem Gewissen verantwortlich ist.*
An diesem Tag geschah etwas höchst Sensationelles.
„Bitte, Mr. Harris!" Sir Arthur, eines jener Mitglieder der Kommission, die sich im allgemeinen im Hintergrund hielten, dösend oder damit beschäftigt, ein Kreuzworträtsel zu lösen, hob plötzlich die Hand: ein würdevoller alter Herr. „Ich meine, man kann nicht abstimmen, ohne zuvor eine grundsätzliche Frage geklärt zu haben."
Harris sah ihn an.
„Abbruch", sagte Sir Arthur, „ist schließlich nur ein Wort. Aber was steht dahinter? Da wird fortwährend von Astraliden gesprochen, von Mustern und ihren Zwillingen. Aber sind das nicht Menschen?"
Plötzlich war es sehr still im Raum. Die Frage war unbequem, sie war lästig, und nur der alte Herr hatte den Mut gehabt, sie zu stellen. Harris neigte den Kopf.
„Wir müssen den Tatsachen ins Auge sehen, Sir Arthur. Ein Abbruch wäre das endgültige *Aus.*"
„Man würde sie ... eliminieren?"

Harris starrte stumm geradeaus.
Sir Arthur seufzte.
„Das wollte ich nur geklärt wissen, Mr. Harris. Wissen Sie, manchmal verstehe ich diese Welt nicht mehr ... Zu meiner Zeit war ein Mensch immer noch ein Mensch, und wer sich an ihm vergriff, bekam die ganze Strenge des Gesetzes zu spüren."
Der alte Herr schüttelte den Kopf.
Eine halbe Stunde später stimmte er gegen den Abbruch des Projekts. Die Abstimmung endete mit einem Patt. Sechs Kommissionsmitglieder, deren Wortführer Lapierre war, stimmten gegen Dr. Benzingers Antrag, sechs Mitglieder stimmten dafür.
John Harris warf seine Stimme in die Waagschale.
„Abbruch!" sagte er. „Der Schwere Kreuzer *Invictus*, der vor drei Wochen aufgebrochen ist zur Sirius-Patrouille, wird angewiesen werden, Kurs auf PANDORA zu nehmen und dort Sorge zu tragen, daß die Entscheidung der Kommission befolgt wird."
Die Entscheidung der Kommission wurde PANDORA unverzüglich übermittelt.

13.

Auf PANDORA hatten die eingeschleppten Mäuse Konkurrenz bekommen. Die Gerüchte huschten und flatterten durch alle Räume und vermehrten sich dabei auf erschreckende Weise.
Der Beschluß der aufsichtführenden Kommission, das Projekt Astralid abzubrechen, war nicht geheimzuhalten gewesen. Allenthalben wurde mit halblauter Stimme diskutiert, wobei die aufsichtführende Kommission zum Teil mit Ausdrücken belegt wurde, die sich nicht wiedergeben lassen. Der Unmut des Personals war verständlich: Die Leute fühlten sich, nachdem sie monatelang in mönchischer Abgeschiedenheit ihr Bestes gegeben hatten, übergangen.
Der Unterricht ruhte. Die Muster wurden in ihren Unterkünften zurückgehalten. Als ich in der Frühe des Tages mit zwei von ihnen zusammengetroffen war, hatte ich versucht, in ihren Gesichtern zu lesen – aber ihre Mienen waren so heiter und glatt gewesen wie eh und je, so daß ich nicht zu sagen vermochte,

wie weit sie über ihr Schicksal im Bilde waren. Sollte ich sie einweihen? Ich unterließ es. Aber plötzlich fühlte ich mich – mehr denn je zuvor – für sie verantwortlich. Sie waren und blieben meine Schüler.
Professor Jago hatte den Abbruch zwar noch nicht offiziell bekanntgegeben, doch praktisch war dieser bereits schon vollzogen. Die Nachmittags-Konferenz, an der teilzunehmen alle leitenden Mitarbeiter des Projektes aufgerufen waren, war wohl nur noch als Schlußpunkt gedacht.
An diesem Tag hatte ich ein paarmal versucht, mit John Harris in Metropolis zu sprechen, um ihm meine Bedenken vorzutragen, doch jedesmal wieder erwartete mich im Funkraum höfliches Bedauern: Die Verbindung sei leider gestört. Das mochte zutreffen. Der scheinbar leere Raum, der PANDORA von der Erde trennte, war ein Ozean aus Energie und Strahlung: beherrscht von Gesetzmäßigkeiten, die noch immer unentschlüsselt waren. Die Technik stieß immer wieder auf Grenzen.
Wahrscheinlich wäre es mir ohnehin nicht gelungen, Harris umzustimmen. Aber zumindest hätte ich ihn dazu gebracht, mich anzuhören. Wahrscheinlich hätte ich, indem ich Kritik geübt hätte am Beschluß der aufsichtführenden Kommission, meine Kompetenzen überschritten, aber zumindest damit mein Gewissen erleichtert. Das Projekt mochte anfechtbar sein – aber irgendwann hatte man dazu schließlich A gesagt ...

Als Gregor Chesterfield auftauchte, war ich in meiner Kammer am Arbeiten. Er kam, um mich abzuholen.
„Professor Jago hat die Konferenz eine halbe Stunde vorverlegt, Sir. Ich bin mir nicht sicher, ob Sie verständigt worden sind."
Ich war nicht verständigt worden, aber das spielte schon keine Rolle mehr. Mit einem Vertrag als Ausbilder war ich ein freier Mitarbeiter: das fünfte Rad am Wagen. Ich stand auf und zog mir die Jacke an.
„Na schön. Bringen wir's hinter uns."
Der Junge wirkte bestürzt.
„Das klingt, als seien Sie mit dem Abbruch nicht einverstanden, Sir."
Ich machte aus meinem Herzen keine Mördergrube.
„Ich kenne die Einwände, die gegen das Projekt erhoben worden sind, und weiß, daß man sie ernst nehmen muß. Aber, zum Teufel, diese Muster sind zugleich meine Schüler. Sie hätten es verdient, eine Chance zu bekommen."
Chesterfield tat sein Bestes, um es zwischen uns nicht zum Bruch kommen zu lassen. Gewiß hätte er mich lieber auf seiner Seite gesehen.
„Glauben Sie mir, Sir: Dr. Benzinger hat auch das erwogen."
„Doktor Benzinger heißt nicht zufällig Judas mit Vornamen?"
Der Junge wurde blaß, aber er beherrschte sich.
„Sie tun ihm unrecht, Sir!" sagte er.
Ich stülpte die Mütze auf.
„Bringen wir's hinter uns!" sagte ich noch einmal.

Die Konferenz war nur dem Namen nach eine solche. In Wirklichkeit war sie eine Kraftprobe. Gleich nachdem man über die Schwelle getreten war, mußte man sich entscheiden, wo man Platz zu nehmen gedachte: im Lager von Dr. Benzinger, der seine wenigen Getreuen um sich geschart hatte, oder in jenem von Professor Jago, in dem sich die Mehrheit zusammengefunden hatte.
„Sir?"
Chesterfield zögerte.
„Tun Sie sich keinen Zwang an, Gregor", forderte ich ihn auf. „In dieser Sache muß sich jeder selbst entscheiden."
Er seufzte.
„Wirklich, Sir, es hat nichts mit Ihnen zu tun."
„Schon gut, Gregor."
Unsere Wege trennten sich. Er strebte dem Lager von Dr. Benzinger zu. Ich selbst nahm neben Dr. Benzingers Assistentin, Olga Orlow, Platz: im Lager der Mehrheit.
Professor Jago schien nur auf unser Erscheinen gewartet zu haben, um das Wort zu ergreifen.
An diesem Nachmittag lernte ich den Hausherrn von PANDORA von einer Seite kennen, die ich bei ihm nicht vermutet hätte. Als Professor Jago seine Bestürzung über den Beschluß der aufsichtführenden Kommission zum Ausdruck brachte, bebte seine Stimme.
„... völlig unverantwortlich, einem Projekt den Todesstoß zu versetzen, das unmittelbar vor seinem glückhaften Abschluß steht. Man mißtraut uns. Man

hat den Schweren Kreuzer *Invictus* veranlaßt, Kurs auf PANDORA zu nehmen, um uns auf die Finger zu schauen – als ginge es darum, eine plötzlich illegal gewordene Spielhölle zu schließen."
Während Professor Jago sprach, hatte er sich einem der Bullaugen genähert, und nun deutete er plötzlich hinaus.
„Meine Damen und Herren, nehmen Sie Abschied von einem Traum ..."
Professor Jagos spröde Stimme war plötzlich voller vibrierender Leidenschaft. Sie erregte und beschwor.
„Da liegt sie vor uns, in ihrem ganzen Glanz, die Milchstraße. In zehn, zwölf Jahren würde sie überzogen sein von blühenden Kulturen: unser Werk ..."
Professor Jago, spürte ich plötzlich, hatte noch einiges vor. Die Art und Weise, wie er diesen Abschied zelebrierte, war ein unverhohlener Aufruf zu Rebellion. Er kämpfte um sein Lebenswerk. Als er sich vom Bullauge abwandte, sank seine Stimme herab zu einem verschwörerischen Flüstern.
„Eine neue Menschheit wüchse dort heran – eine neue Menschheit, die noch in Jahrtausenden unseren Namen mit Ehrfurcht nennen würde: als den ihres Schöpfers. Und nun soll ein lächerlicher Federstrich dies alles zerplatzen lassen wie eine Seifenblase?"
Er ging zu weit. Um ein Haar wäre es ihm gelungen, mich mit in seinen Bann zu ziehen. Seine letzten Worte wirkten auf mich ernüchternd. Der Maßstab, mit dem ich das Leben maß, unterschied sich von

dem seinen. Ich war nicht bereit, mich wie er gottähnlich zu fühlen und zu verhalten.

„... man wird uns Denkmäler errichten und Dome bauen – denn wir, die wir auf PANDORA den uralten Traum der Menschheit verwirklichen, den Traum vom Sieg über Raum und Zeit, wir sind die Schöpfer der astraliden Rasse und die Begründer der neuen Herrschaft!"

Der Vorhang zerriß. Auf einmal erkannte ich die Triebfeder seins Handelns. Er war ein Besessener. Mit diesem Projekt begründete er seinen unvergänglichen Ruhm. Und er stand nicht allein. Dr. Benzinger mochte es gelungen sein, die aufsichtführende Kommission mit seinen Zweifeln anzustecken – auf PANDORA selbst war die Zahl seiner Anhänger eine verschwindende Minderheit. Gregor Chesterfield gehörte dazu – aber mit dem Projekt selbst hatte er nichts zu tun. Und auch Captain Mboya war, obwohl Leitender Ingenieur, letztlich nur ein Angestellter, dessen Stimme kaum ins Gewicht fiel.

Doktor Benzinger war ein sehr einsamer Mann.

Und ich mußte es mir verwehren, auf seine Seite hinüberzuwechseln.

Mir war als würde ich auseinandergerissen.

Dr. Benzinger besaß meine ganze Hochachtung. Ich bewunderte seine Folgerichtigkeit und seinen Mut. Mochte er sich mit Hilfe der aufsichtführenden Kommission in diesem Fall auch durchsetzen – für diesen Sieg würde er ein Leben lang zu zahlen haben.

Ich dachte an meine Schüler. Ich dachte daran, daß

Dr. Benzingers Sieg für sie das Todesurteil beinhaltete. Und deswegen blieb ich, wo ich war.

Ich blieb auch dann noch in Professor Jagos Lager, als dieser bekanntgab, daß er sich nach Prüfung aller Argumente genötigt sehe, der aufsichtführenden Kommission die Kompetenz abzusprechen.

„Die Entscheidung, die dort in Metropolis gefallen ist, am grünen Tisch, ist so ungeheuerlich, daß ich sie nicht anerkennen kann. Ihrer Unterstützung, meine Damen und Herren, gewiß, werde ich Anweisung geben, das Projekt Astralid, so wie es geplant wurde, zu Ende zu führen!"

Allenfalls war ich auf zaghafte Zustimmung gefaßt. Professor Jagos Entschluß, die strikte Weisung der aufsichtführenden Kommission zu mißachten, erfüllte den Tatbestand des Hochverrates. Wer sich ihm anschloß, stellte sich gegen das Gesetz der EAAU. Mit einem Sturm der Begeisterung, wie er nun aber losbrach, hatte ich nicht gerechnet.

Dr. Benzinger war aufgesprungen. Sein Gesicht war bleich. Er versuchte, sich Gehör zu verschaffen.

„Überlegen Sie! Bitte, überlegen Sie! Es gibt so etwas wie den *Point of no return* – den Punkt, von dem ab es kein Zurück mehr gibt! Und diesen Punkt finden Sie nicht nur in der Raumfahrt. Sie finden ihn auch in der Wissenschaft!"

Dr. Benzinger kämpfte auf verlorenem Posten. Er wurde überschrien. Er wurde beschimpft und bedroht. Bevor die Jago-Anhänger handgreiflich wurden, räumte er das Feld.

Als sich hinter ihm die Tür geschlossen hatte und wieder Stille eingetreten war, wandte sich Professor Jago plötzlich an mich.
„Sie, Commander, haben bisher noch kein Wort gesagt. Dabei ist Ihr Standpunkt gar nicht einmal unwichtig. Sie sind schließlich der Ausbilder."
Die Entscheidung kam rascher auf mich zu, als ich gedacht hatte. Jago wollte wissen, wie weit er bei der Verwirklichung seiner ehrgeizigen Pläne auf mich zählen konnte.
„Was wollen Sie von mir hören, Professor?"
„Es geht um den Unterricht, Commander. Sie werden ihn zu Ende führen. Das werden Sie doch?"
Er konnte mich zwingen zu unterrichten. Aber Einfluß auf den Lehrstoff hatte er nicht. Wenn ich wollte, konnte ich seine Pläne noch immer sabotieren. Formeln und Lehrsätze ließen sich verfälschen. Die navigatorische Katastrophe war durchaus programmierbar. Er war klug genug, um das in Betracht zu ziehen. Er wollte mein Wort: das Wort eines Bündnispartners.
Es war an der Zeit, meine Bedingungen zu stellen. Falls er nicht darauf einging, hatte ich zumindest alles versucht.
„Angenommen, Professor, ich würde den Unterricht nur dann zu Ende führen, wenn man den Mustern hinterher ein Schiff gäbe und eine Chance ..."
Er fiel mir ins Wort. „Das ist unüblich. Muster sind Muster."
„Ich sehe das anders."

Professor Jago schluckte. Wahrscheinlich rüttelte ich am Fundament seiner wissenschaftlichen Weltordnung. Seitdem er das Projekt Astralid betrieb, war eine Muster-Serie nach der anderen verschlissen worden, als handelte es sich bei den Retortengeschöpfen nur um wissenschaftliches Material, um eine Art von Versuchstieren. Erst der Zwilling war das fertige Produkt, er allein hatte unumschränktes Lebensrecht. Die Muster-Form, aus der er gegossen worden war, wurde wieder eingeschmolzen.

„Ein Schiff also ...?"

„Den Raumkutter, Professor. Der wird ohnehin bald nicht mehr benötigt."

„Aber warum, Commander?"

Er begriff mich nicht, und so nannte ich ihm meine Beweggründe klipp und klar.

„Professor, es geht mir einzig und allein darum, einer Handvoll junger Menschen, die unfreiwillig den Makel tragen, Muster zu sein, das Leben zu erhalten. Mit der aufsichtführenden Kommission wird diesbezüglich nicht zu reden sein, die ist gebunden an ihre Vorschriften. Aber Sie, Professor, können in diesem Sinne entscheiden."

Er starrte mich an.

„Unter dieser Bedingung würden Sie den Unterricht zu Ende führen, Commander?"

„Im Vertrauen auf Ihr Wort, Professor", erwiderte ich.

Er unternahm einen letzten Vorstoß. Möglicherweise versuchte er nur noch das Gesicht zu wahren.

„Selbst mit einem Schiff würde es für die Muster keine Zukunft geben. Niemand würde ihnen Asyl gewähren – mit gutem Grund."
Ich wischte seinen Einwand hinweg.
„Die Muster sind hochintelligent. Sie sind zäh. Und sie sind durch meine Schule gegangen. Sie werden sich schon durchschlagen. Aber dazu benötigen sie ein Schiff."
Professor Jago sah schließlich ein, daß ihm keine andere Wahl blieb. Er willigte ein.
„Einverstanden."
Damit war für Professor Jago das Kapitel Unterricht abgeschlossen, und er wandte sich an Captain Mboya. Neben mir bemerkte Olga Orlow halblaut: „Sie haben Ihre Position gründlich ausgenützt, Commander. Ich hoffe, Sie werden es nie bereuen."
Ich wollte sie fragen, wie sie das meinte, aber dazu kam ich nicht mehr, denn in diesem Augenblick gab Professor Jago seine Absicht bekannt, die Plattform PANDORA zu verlagern.
„Der Umstand, daß der Schwere Kreuzer *Invictus* hierher unterwegs ist, um als verlängerter Arm der aufsichtführenden Kommission zu dienen, macht es erforderlich, nach einem Platz im Weltraum Ausschau zu halten, an dem sich das Projekt ohne Störung zu Ende führen läßt ... Captain Mboya, Sie wissen, was Sie zu tun haben."
Mein Blick suchte den meines alten Bordkameraden, aber Captain Mboya sah nicht zu mir herüber. Er war aufgesprungen.

„Professor ..."
„Sie haben Ihre Befehle, Captain."
„Ich verweigere die Ausführung."
Captain Mboya war grau im Gesicht. Er schwitzte. Aber seine Stimme hatte nicht geschwankt.
Professor Jago runzelte die Stirn.
„In diesem Fall betrachten Sie sich als abgelöst durch Mr. McBride, Captain. Sie können gehen."
Captain Mboya stand kerzengerade.
„Auch mit McBride brauchen Sie nicht zu rechnen, Professor."
Professor Jago machte eine knappe Handbewegung: als schnippte er etwas hinweg.
„Schön. Es gibt auch noch Mr. Sappen, den dritten Offizier, der eine Beförderung sicher nicht ausschlagen wird. Das Problem der Verlagerung wird zu lösen sein – auch ohne Sie."
Captain Mboya machte auf dem Absatz kehrt und verließ den Raum. Auf der Schwelle blieb er noch einmal stehen und sah mich an. Sein Blick war ein stummer Hilferuf. Ich hob die Schultern.

Nachdem alles vorüber war, suchte ich Dr. Benzinger auf. Er saß in seiner Kammer vor dem Diktiergerät. Als ich eintrat, wandte er mir sein fragendes Eulengesicht zu.
„Ich möchte klare Verhältnisse schaffen, Doktor", sagte ich. „Auch als Ausbilder auf PANDORA stehe ich nach wie vor im Dienst der UGzRR. Meine Pflicht ist es, Menschenleben zu erhalten, nicht sie zu

vernichten. Im Augenblick bin ich für meine Schüler verantwortlich. Alles andere muß dahinter zurückstehen."
Er seufzte.
„Sie sind ein Narr, Commander."
„Weshalb? Weil ich B sage, nachdem Jago, Sie und Ihresgleichen A gesagt haben?"
Er beantwortete den Vorwurf mit einem müden Heben der Schultern.
„Es war falsch. Heute weiß ich es. Aber die Versuchung war unwiderstehlich. Wir traten an die Stelle von Gott. Wir schufen eine neue Menschheit, wir streckten die Hand aus nach dem Universum." Er sah mich an. „Und Sie, Commander, als Sie den Vertrag unterschrieben – haben Sie sich nicht auch blenden lassen?"
„Ja. Und jetzt zahle ich meinen Preis." In einem plötzlichen Impuls reichte ich ihm die Hand. „Ein jeder tut, was ihm sein Gewissen gebietet. Sie haben sich für den Abbruch entschieden – ich mich für meine Schüler."
Eine kleine Weile zögerte er, dann griff er zu.
„Viel Glück, Commander!" sagte er. „Sie werden es brauchen. Sie gehen, glauben Sie mir, den gefährlicheren Weg."
Ich verstand ihn nicht. Er merkte es und zeigte mir ein wehmütiges Lächeln.
„In der Retorte ist zu viel schief gegangen", sagte er. „Vielleicht lassen sich gewisse Eigenschaften, die der Mensch braucht, um wahrhaft Mensch zu sein, nicht

ungestraft manipulieren. Ich hoffe, Sie werden keine Enttäuschung erleben."
Als ich hinausging, wandte er sich wieder dem Diktiergerät zu.
Es war schon sehr sonderbar. Obwohl wir Gegner waren, waren wir Freunde.

14.

Die Übereinkunft, die ich mit Professor Jago getroffen hatte, schloß keine Vorbehalte ein. Sie beruhte auf Gegenseitigkeit. Ich half ihm durch meinen Unterricht, die Zwillinge auf dem Kometen Cunningham beschleunigt zu vollwertigen Astronauten zu erziehen, so daß die Abnabelung termingemäß, vielleicht sogar vorzeitig stattfinden konnte, und er stand mit seinem Wort dafür ein, daß die Muster, meine Schüler, ein Schiff und eine Chance erhielten.

Man kann sagen: Ich beteiligte mich an einer Rebellion. Ob ich hierbei durch meine Eigenschaft als Rettungsmann der UGzRR gedeckt sein würde, war fraglich. Ich mußte damit rechnen, für meine Handlungsweise zur Verantwortung gezogen zu werden.

Am späten Abend noch, bevor ich mich zur Ruhe begab, hatte ich mich vor den Computer gesetzt und die einschlägigen Paragraphen abgerufen. Ich würde einen guten Verteidiger benötigen: den besten. Vor dem Gesetz waren die Muster keine Menschen, sondern *Laborphänomene*. Meine Verteidigung, dreizehn jungen Menschen das Leben gerettet zu haben, würde auf schwachen Beinen stehen. Damit mußte ich mich abfinden.

In der Nacht fand ich keinen Schlaf.

Benzinger hatte recht. Wir alle waren von dem Projekt geblendet gewesen: auch ich. Als man die genetische Brut ansetzte, hatte der Sündenfall schon begonnen. Und nun standen wir da wie Zauberlehrlinge und wußten nicht, wie der Geister Herr zu werden, die wir heraufbeschworen hatten.

Die aufsichtführende Kommission und mit ihr Benzinger mochten gewichtige Gründe haben, wenn sie die spurlose Auslöschung des Projektes forderten – aber dagegen sträubte sich mein Innerstes. Mit den Zwillingen auf dem Cunningham verband mich nichts, sie hatte ich nie zu Gesicht bekommen, sie waren und blieben für mich eine Abstraktion. Desto mehr verband mich mit den Mustern. Die Muster waren meine Schüler. Wir hatten miteinander gebüffelt, geschwitzt und gelacht. So etwas schafft Bindungen.

Ich beschloß, noch einmal mit Dr. Benzinger zu reden. Ein Kompromiß mußte gefunden werden: vielleicht in Form eines Aufschubs. Um die Retortenpannen zu beheben, konnte man Pädagogen einfliegen, Psychologen, Erzieher, Religionsphilosophen. Die Muster waren lernbegierig.

Am Morgen verzichtete ich auf das Frühstück und suchte die Mensa auf. Die Muster waren damit beschäftigt, die übliche Morgenmahlzeit einzunehmen,

ihren genau berechneten Morgentrunk, der alle erforderlichen Aufbaustoffe einschließlich des unumgänglichen synthetischen Antigerontins enthielt. Olga Orlow, die vor dem Rezeptator stand, gab die Becher aus. Sie blickte auf.
„Suchen Sie mich, Commander?"
„Dr. Benzinger."
„Er hat sich noch nicht blicken lassen."
Ich sagte zu den Mustern: „Überfreßt euch nicht!" und erntete höfliches Gelächter; danach begab ich mich zu Dr. Benzingers Quartier.
Und plötzlich kam alles anders.
„Sie gehen den gefährlicheren Weg!" hatte er noch vor wenigen Stunden zu mir gesagt. Damals hatte ich nicht verstanden, was er damit meinte, und wahrscheinlich hatte ich es nicht einmal verstehen wollen, um nicht an mir selbst irre zu werden. Dabei hätte ich mir darüber im klaren sein müssen, daß er kein leeres Stroh drosch. In letzter Minute hatte er den Versuch unternommen, die Katastrophe, die er kommen sah, zu verhindern.
Ich klopfte und bekam keine Antwort. Ich klopfte noch einmal an und trat dann unaufgefordert ein.
Dr. Benzinger lag in einer Blutlache auf dem Fußboden, und es war ein Wunder, daß er noch lebte.
Ich beugte mich über ihn. Er bemerkte es und schlug die Augen auf.
„Commander..."
„Was ist geschehen?"

Das Sprechen bereitete ihm Schmerzen. Er antwortete mit leiser Stimme.
„Professor Jago. Erst wollte er, daß ich meinen Bericht widerrufe ..."
Er lag im Sterben und sprach die Wahrheit. Auf einmal überkam mich das große Schaudern. Mit einer solchen Entwicklung hatte ich nicht gerechnet.
„Weiter!"
„Ich wollte nicht. Er ließ die Muster kommen."
„Unsere Muster?"
Wozu fragte ich noch, wo es doch nur die eine Antwort geben konnte? An Warnsignalen hatte es nicht gefehlt.
Dr. Benzinger sammelte Kraft.
„Monster!" sagte er. „Die Muster sind Monster. Glauben Sie mir!"
Ich richtete mich auf und griff zum Visiofon.
„Lassen wir das!" sagte ich. „Sie brauchen sofort einen Arzt."
Er schüttelte den Kopf.
„Zu spät."
Ich war schon am Wählen. Sein Auflachen schnitt mir ins Herz und gebot mir Einhalt.
„Commander, der Arzt würde Jago heißen. Ersparen Sie mir das, bitte. Und nehmen Sie sich selbst vor ihm in acht. Er ist ... nicht ganz normal ... ein Besessener."
Ich zog die Hand zurück. Er hatte recht: auch diesmal wieder. Ihm war nicht mehr zu helfen – wahrscheinlich nicht einmal mit dem besten Krankenhaus der

Welt. Auf keinen Fall jedoch auf PANDORA, auf dieser unseligen Plattform, auf der Professor Jago dazu übergegangen war, seinen Anspruch auf Anbetung zu verwirklichen.
Auch mir fiel das Sprechen plötzlich schwer.
„Geben Sie nicht den Mustern die Schuld, Doktor: Sie haben nur Jagos Befehle befolgt."
Sein Blick flehte mich an, ihm zu glauben.
„Es sind Monster, Commander, und Professor Jago ist ihr Idol."
„Es sind Menschen!" widersprach ich. „Und zumindest zwei von ihnen sind mir treu ergeben. Wir werden einen Weg finden, um Jago zu entmachten."
Er schüttelte den Kopf, bevor seine Augen brachen.
Und mir wurde klar, daß ich auf einem sehr gefährdeten Posten stand, falls ich nicht alles verraten wollte, was mir heilig war.
Mein Blick fiel auf das Diktiergerät.
Ich schaltete es ein.
Das Band enthielt Dr. Benzingers Rechenschaftsbericht. Noch einmal umriß er das Projekt und die damit verknüpften Hoffnungen. Dann sprach er von den Pannen, von seinem Argwohn – und schließlich von seiner unumstößlichen Gewißheit, daß der eingeschlagene Weg in die Katastrophe führen mußte.
„In zehn, zwölf Jahren würden die Astraliden die Milchstraße beherrschen und damit auch die Erde. Das bedeutete das Ende unserer Zivilisation, die Aufhebung aller moralischen und ethischen Werte. Als

ich das erkannte, wandte ich mich an die aufsichtführende Kommission ..."
All das war nicht neu. Wichtig jedoch war folgendes:
„Die neue Position wird Tango Alpha Romeo heißen. Ich erfuhr es durch Zufall, als Professor Jago mit Mr. Sappen darüber sprach, daß sich unter Umständen die Notwendigkeit einer Verlagerung ergeben könnte ..."
Ich schaltete das Gerät ab, steckte die Tonspule ein und sah auf die Uhr.
Um handeln zu können, mußte ich Zeit gewinnen, und das hieß, daß ich mir meinen Frontwechsel nicht anmerken lassen durfte. Zu welchen Exzessen Professor Jago fähig war, hatte ich mittlerweile erfahren. Um sein Ziel zu erreichen, schreckte er vor nichts zurück.
Ich bückte mich noch einmal und drückte Dr. Benzinger die Augen zu. Unter meinen Füßen knirschte das Glas seiner zerbrochenen Brille.
„Verlassen Sie sich auf mich, mein Freund!" sagte ich leise.
Er hörte es nicht mehr. Aber vielleicht vernahm er es doch.
Bevor ich die Kammer verließ, überzeugte ich mich davon, daß der Gang leer war.
Von nun an war äußerste Vorsicht geboten.

Es lag gewiß nicht an mir, daß das Abkommen, das ich mit Professor Jago getroffen hatte, hinfällig ge-

worden war. Jago selbst hatte den Bruch heraufbeschworen. Und nun galt es, seinen kosmischen Amoklauf zu stoppen.
Auf wen konnte ich dabei zählen?
Die Muster mochten seine Kreaturen sein – doch zugleich waren sie Menschen. M 83, den ich aus den Flammen geholt hatte, verdankte mir sein Leben. Und M 87 etwa nicht? Wenn ich ihn mit meinen Nachhilfestunden nicht beharrlich durch die Ausbildung geboxt hätte, wäre seine Nummer samt ihm einfach gestrichen worden.
Zumindest auf M 87 und M 83 durfte ich mich verlassen: zwei Muster, die Dr. Benzinger widerlegen würden. Und ich würde dafür Sorge tragen, daß ihre Treue nicht unbelohnt bleiben würde.
Und weiter?
Da waren Captain Mboya und sein wortkarger Schotte: zwar amtsenthoben, aber als Verbündete nicht zu unterschätzen. Mir war nicht bekannt, wo sie sich zur Zeit aufhielten, während unter der Leitung des neuen Chiefs namens Sapper die Vorbereitungen für die Fahrtaufnahme getroffen wurden, um den Schweren Kreuzer *Invictus,* sobald er eintraf, nur noch leeren Raum vorfinden zu lassen.
Gewiß, irgendwann würde PANDORA auch auf der neuen Position TAR aufgespürt werden – doch bis dahin konnten Wochen, wenn nicht gar Monate vergehen.
Und am astralen Imperium der Astraliden würde nicht mehr zu rütteln sein.

Es sei denn ...
Im Augenblick hieß mein wichtigster Verbündeter Gregor Chesterfield. Der Junge war ein erbitterter Gegner des Projekts und tat von Zeit zu Zeit Dienst als verantwortlicher Funker.
Angenommen, er fand einen Weg, die *Invictus* über die Positionsverlagerung zu verständigen ...
Manches wäre anders gelaufen, falls der Junge an diesem Morgen Dienst gehabt hätte. Aber der andere Funker, den ich im Funkraum vorfand, flößte mir kein Vertrauen ein. Ich murmelte eine Entschuldigung und begab mich ins ICP. Wollte ich nicht auffallen, mußte ich mit dem Unterricht beginnen.
Und dabei kühlen Kopfes planen, was es zu tun galt.

Der Unterricht verlief, als wäre nichts geschehen. Einmal erschien Professor Jago, um sich davon zu überzeugen, daß ich zu meinem Wort stand. Wir nahmen gerade die Methode der gravitatorischen Beschleunigung durch, mit deren Hilfe unter bestimmten Voraussetzungen selbst ein lädiertes Schiff auf Trab gehalten werden kann, und nachdem er fünf Minuten lang zugehört hatte, zog er sich befriedigt wieder zurück.
Um den versäumten Unterricht des Vortages aufzuholen, ließ ich an diesem Vormittag meine Muster pauken, bis ihnen die Köpfe unter den Helmen rauchten – und ebenso die der verdammten Zwillinge auf dem Cunningham.

Bevor ich die Muster entließ, erfand ich einen Vorwand, um M 83 und M 87 im ICP zurückzuhalten.
"Ich nehme an, Sie wissen, daß das Projekt vom Abbruch bedroht ist", leitete ich das Gespräch ein.
Beide nickten.
"Und ebenso nehme ich an, daß Sie mich inzwischen gut genug kennen, um mir Vertrauen zu schenken", fuhr ich fort. "Ich brauche dringend Ihre Hilfe."
M 87 strahlte mich treuherzig an. "Klar, Sir. Geht in Ordnung, Sir."
M 83 wollte es genau wissen. "Was sollen wir tun, Sir?"
Sie sollten erfahren, daß sie nichts zu verlieren hatten, wenn sie mit mir zusammenarbeiteten.
"Ich habe Sie noch nie belogen", sagte ich. "Ich belüge Sie auch heute nicht. Wenn Sie mir helfen, werde ich Ihnen helfen – und allen Ihren Kameraden. Ich selbst werde den Raumkutter ausrüsten, der Sie aus der Gefahr bringt ..."
Ich redete, sie hörten zu: mit strahlenden Augen und glatten Gesichtern. Worauf es mir bei dieser Vorrede ankam, war dies: ihnen verständlich zu machen, daß ich noch immer zu ihnen stand. Und es gelang mir. Auf jeden Fall war ich selbst überzeugt.
Dann kam ich auf die Aufträge zu sprechen.
"Wenn Sie der Meinung sind, daß ich zu viel von Ihnen verlange, dann sagen Sie es mir jetzt – und wir werden trotz allem auseinandergehen als gute Freunde."

Sie warteten ab.

Ich wandte mich an M 87, der mich so manche Stunde meiner Freizeit gekostet hatte.

„Ich muß davon ausgehen, daß ich überwacht werde", sagte ich. „Aber Sie können sich allenthalben auf der Plattform frei bewegen. Ich möchte, daß Sie Captain Mboya aufsuchen und ihm das hier übergeben ..."

Die Botschaft war knapp. Sie lautete: *Dr. B. von J. ermordet. Zusammengehen unbedingt erforderlich. Versuchen Sie, Maschine zu blockieren. Brandis.*

M 87 steckte den Zettel ein, ohne ihn zu lesen.

„Geht in Ordnung, Sir."

Die zweite Botschaft war noch dringender. Ich vertraute sie M 83 an – dem Jungen, den ich aus dem Feuer geholt hatte.

„Ich nehme an, Sie kennen Mr. Chesterfield."

„Klar Sir, bestätigte M 83.

„Es ist wichtig, daß Sie ihn finden. Vielleicht ist er im Funkraum, vielleicht auch in seinem Quartier. Geben Sie ihm nur den Zettel – aber so, daß es keiner merkt. Er wird dann schon wissen, was er zu tun hat."

Die Nachricht für Gregor Chesterfield war fast noch lakonischer: *Für Invictus. Kurs auf TAR. Brandis.*

Auch M 83 steckte seinen Zettel ein.

„Ich nehme an, es eilt, Sir", bemerkte er.

„Und wie!" sagte ich.

Ich drückte allen beiden die Hand, und sie machten sich auf den Weg.

Und ich begab mich wie immer nach dem Vormittagsunterricht zunächst einmal in mein Quartier, um mich mit einem frischen Hemd zu versehen.

Nach ein paar Schritten wurde ich von einem dürren Mann im Overall überholt. Man hätte ihn für einen der Elektriker halten können, von denen es auf PANDORA ein stattliches Dutzend gab. Aber da ich ein gutes Gedächtnis für Gesichter habe, konnte er mich mit seiner Verkleidung nicht täuschen. Mein Instinkt hatte nicht getrogen. Professor Jago hatte Anordnung gegeben, auf mich ein Auge zu haben.

Es war nur gut, daß ich nicht die Unvorsichtigkeit begangen hatte, direkten Kontakt aufzunehmen.

15.

Bevor ich die mitgebrachte Tonspule in mein eigenes Diktiergerät schob, um sie noch einmal abzuhören, warf ich einen Blick hinaus.
Vor dem Bullauge vollzog sich ein ungewöhnliches Naturereignis. Die Welt vor der Plattform war in ruhige Dunkelheit getaucht, und auf dem majestätischschwarzen Samt des unendlichen Raumes glommen, funkelten und sprühten als einzige Lichter die der Nördlichen Krone wie sieben riesige Diamanten. Durch meine Kammer rieselten alle Farben des Regenbogens.
Die Erde war nicht zu sehen.
Auf ihr hatte in ferner Vergangenheit Moses der Menschheit das Gesetz gegeben. Aber die Hüter der Ordnung waren sehr weit weg. Bis die *Invictus* eintraf, konnte auf PANDORA noch viel geschehen.
Pater Himmlischs Worte fielen mir ein. Wie recht er doch gehabt hatte! Die Büchse der Pandora. Man hätte sie nicht öffnen dürfen. Alle Gemeinheit, alle

Niedertracht, sämtliches Übel der Welt schwappten nun über.

Dr. Benzinger hatte dazu aufgerufen, den Deckel wieder zu schließen.

Es hatte ihn das Leben gekostet.

Ich schaltete das Gerät ein. Noch einmal erklang die schwäbelnde Stimme.

„... wir haben den Versuch unternommen, die Schöpfung zu verbessern und mit dem Astraliden den perfekten Menschen zu schaffen. Aber indem wir die genetische Ordnung aufbrachen und von unseren Computern auf veränderte Weise wieder zusammensetzen ließen, geschah es, daß wir es zu tun bekamen mit hochintelligenten Ungeheuern, die wie Menschen aussehen ... Professor Jago scheint dies nicht zu sehen oder nicht sehen zu wollen. Einmal sagte er, der Astralid dürfe nicht zimperlich sein. Mich überlief es kalt. Im Reich der Astraliden, sollte es je verwirklicht werden, wird es die Gebrechen des homo sapiens nicht geben – aber auch keine Liebe ..."

Im Grunde waren es immer die gleichen Einwände gegen das Projekt.

Bis zu einem gewissen Punkt mochte Dr. Benzinger recht haben. Auch ich war ein paarmal vom Verhalten der Muster unangenehm berührt gewesen. Sein Fehler war, daß er verallgemeinerte. Und es bedurfte dieses Tages, um ihn zu widerlegen.

Dreizehn junge Menschenleben durften nicht einfach ausgelöscht werden!

Nicht, solange es in meiner Macht stand, das zu verhindern.
Hinterher mochte man aus PANDORA getrost Kleinholz machen. Das tat keinem weh. Und dafür Sorge tragen, daß sich Zwischenfälle dieser Art nicht wiederholten, indem man die aufsichtführenden Kommissionen von vornherein mit weitsichtigeren Leuten besetzte.
Als das Visiofon anschlug, schaltete ich das Diktiergerät ab. Die Tonspule enthielt weiter keine praktischen Informationen. Offenbar war es Dr. Benzinger lediglich darum gegangen, seine Beweggründe zu fixieren. Hatte er sein Ende geahnt?
Das Visiofon wiederholte seinen durchdringenden Ruf, und ich nahm das Gespräch an.
„Ja."
Der Bildschirm blieb dunkel, aber die gehetzte Stimme war unverkennbar die von Olga Orlow, Dr. Benzingers Assistentin.
„Schnell! Bringen Sie sich in Sicherheit, Commander!"
Auf welcher Seite stand sie? Ich wurde aus dieser Frau nicht klug. Sie hatte mit Dr. Benzinger Seite an Seite gearbeitet – aber sich dann doch für Professor Jago entschieden. Und weshalb rief sie jetzt bei mir an?
„Wovon reden Sie?"
Was sie sagte, war schwer zu verstehen. Sie sprach mit gedämpfter Stimme. Und sie war offenbar in Eile.

„Wovon? Daß sie offenbar von allen guten Geistern verlassen waren, als Sie sich unbedingt einem Muster anvertrauten! Jetzt haben wir die Bescherung."
Ich durfte mich von ihrer Panik nicht anstecken lassen. Bevor ich etwas unternahm, mußte ich erfahren, woran ich war.
„Welches Muster meinen Sie?"
„M 87."
„Aber der Junge ist in Ordnung. Ich lege die Hand für ihn ins Feuer."
Sie fiel mir ins Wort.
„Sie bauen auf seine Treue – weil Sie ihn nicht fallengelassen haben und ihm Nachhilfe gaben? Sie tun mir leid!"
„Kommen Sie zur Sache, Olga!"
„Fliehen Sie! Nehmen Sie sich den Raumkutter und fliehen Sie. Ich war gerade bei Professor Jago, als M 87 mit Ihrer Botschaft für Captain Mboya hereinplatzte ..."
Es tat weh. Der Junge war mir ans Herz gewachsen. Die Stunden, die ich ihm gewidmet hatte, waren kaum zu zählen. Ich hatte ihn unterrichtet. Ich hatte ihm von Gott und der Welt erzählt. Ausgerechnet er! Vielleicht hätte ich damit rechnen müssen. Aber ich hatte es nicht getan. Man hatte mich einen Narren genannt. Nun also: ich war der Narr. Ich hatte bis zuletzt an etwas geglaubt, was es nicht gab. Ich hatte darangeglaubt, um weder Dr. Benzinger recht geben zu müssen noch Professor Jago.
Nein, das letzte Wort war noch nicht gesprochen.

M 83, den ich zu Chesterfield geschickt hatte, verdankte mir immerhin das Leben.
Ich rang mir die Antwort ab.
„Danke für die Warnung."
„Sie haben keine Zeit zu verlieren, Commander. Jago schäumt vor Wut. Er gibt Waffen an die Muster aus."
„Was ist mit CaptainMboya?"
„Keine Ahnung. Angeblich hat er sich in der Werkstatt verbarrikadiert, zusammen mit dem Schotten. Kümmern Sie sich nicht um ihn! Jago will vorerst nur Sie."
„Ich verstehe."
„Viel Glück, Commander."
Sie hatte abgeschaltet. Ich tat es ihr nach. Dann überlegte ich. Von M 83 war nicht die Rede gewesen. Möglicherweise war Chesterfield bereits im Besitz meiner Nachricht, vielleicht saß er sogar schon hinter dem Übermittlerpult im Funkraum. Aber auf das Eintreffen der *Invictus* konnte ich nicht warten. Auf PANDORA war ich praktisch ein toter Mann.
Verdammt, im Raumkutter würde es kalt sein! Alle diese Arbeitsschiffe waren mangelhaft beheizt. Und am Ende mochte mich die Kälte zum Aufgeben zwingen.
Ich zerrte die Reisetasche aus dem Schrank und stopfte an warmem Zeug in sie hinein, was mir unter die Hände kam: Pullover, wollenes Unterzeug, den doppelt gefütterten Bordparka, halbhohe Stiefel.
Was brauchte ich noch, um in der Einsamkeit des Raumes die nächsten Tage zu überleben?

Proviant?
Woher nehmen? Aber Proviant war schon Nebensache. In ein paar Tagen verhungert man nicht.
Wasser!
Ohne Wasser geht der Mensch ein. Wasser mußte ich mitnehmen. Wasser war lebenswichtig.
Ich fand eine Flasche Whisky, machte sie auf und entleerte ihren Inhalt in den Ausguß. Danach füllte ich sie mit Wasser aus der Leitung. Andere Gefäße besaß ich nicht.
Draußen polterte etwas gegen die Tür.
Ich nahm die Flasche in die rechte Hand, stellte mich neben den Türrahmen und riß die Tür auf.
Mit rotem Hemd stand Gregor Chesterfield schwankend vor der Schwelle.
„Sir ..."
Er würgte. Sein Hemd war nur deshalb rot, weil er aus einer tiefen Halswunde blutete. Und er schwankte, weil ich, indem ich die Tür aufriß, ihm den Halt genommen hatte.
Bevor er in den Raum kippte, fing ich ihn auf.
„Tut mir leid", sagte er, als er in meinen Armen lag.
Ich zerrte ein Tuch aus der Reisetasche, um es ihm um den Hals zu winden. Ihn zu verbinden, wie es sich gehörte, fehlte die Zeit.
„Wer war es, Gregor?"
„Muster."
Chesterfield verdrehte die Augen. Er verlor zu viel Blut, auch wenn die Wunde selbst nicht tödlich war. Sein Bewußtsein hatte ausgesetzt.

Jetzt war ich auch noch für ihn verantwortlich. Und da er nicht laufen konnte, mußte ich ihn tragen. Die Reisetasche ließ sich nicht mitnehmen. Es ging ums nackte Leben.

Im Fahrstuhlschacht war es hell geworden. Der Aufzug hielt. Sie stiegen lärmend aus: zwei gerade Nummern, eine ungerade. Letzterer hatte ich einmal das Leben gerettet.

Ich unternahm einen letzten Versuch, ihn daran zu erinnern.

„Hör zu, M 83!" sagte ich. „Ich weiß, daß ihr Professor Jagos Befehl gehorcht. Aber könntet ihr nicht so tun, als ob ihr uns nicht gefunden hättet – sagen wir, um unserer gemeinsamen Zeiten willen, als ihr noch meine Schüler wart, ich euer Ausbilder?"

Er strahlte mich an, und ich glaubte, gewonnen zu haben.

„Wirklich, Sir, wir haben nichts gegen Sie."

„Also ..."

„Andererseits, wir haben auch nichts für Sie."

„M 83 ..."

Er wies plötzlich mit dem Finger auf mich und trieb seine Begleiterinnen an.

„Wenn er sich wehrt, legt ihn um!"

Ich war zu seinem Gewissen nicht vorgedrungen. Er besaß keines. Er war dafür geschaffen worden zu leben, ohne zu zweifeln. Äußerlich sah er aus wie ein Mensch. Aber hinter dieser Fassade verbarg sich das Ungeheuer.

Es war sinnlos, verhandeln zu wollen.

„Wovon? Daß sie offenbar von allen guten Geistern verlassen waren, als Sie sich unbedingt einem Muster anvertrauten! Jetzt haben wir die Bescherung."
Ich durfte mich von ihrer Panik nicht anstecken lassen. Bevor ich etwas unternahm, mußte ich erfahren, woran ich war.
„Welches Muster meinen Sie?"
„M 87."
„Aber der Junge ist in Ordnung. Ich lege die Hand für ihn ins Feuer."
Sie fiel mir ins Wort.
„Sie bauen auf seine Treue – weil Sie ihn nicht fallengelassen haben und ihm Nachhilfe gaben? Sie tun mir leid!"
„Kommen Sie zur Sache, Olga!"
„Fliehen Sie! Nehmen Sie sich den Raumkutter und fliehen Sie. Ich war gerade bei Professor Jago, als M 87 mit Ihrer Botschaft für Captain Mboya hereinplatzte ..."
Es tat weh. Der Junge war mir ans Herz gewachsen. Die Stunden, die ich ihm gewidmet hatte, waren kaum zu zählen. Ich hatte ihn unterrichtet. Ich hatte ihm von Gott und der Welt erzählt. Ausgerechnet er! Vielleicht hätte ich damit rechnen müssen. Aber ich hatte es nicht getan. Man hatte mich einen Narren genannt. Nun also: ich war der Narr. Ich hatte bis zuletzt an etwas geglaubt, was es nicht gab. Ich hatte darangeglaubt, um weder Dr. Benzinger recht geben zu müssen noch Professor Jago.
Nein, das letzte Wort war noch nicht gesprochen.

M 83, den ich zu Chesterfield geschickt hatte, verdankte mir immerhin das Leben.
Ich rang mir die Antwort ab.
„Danke für die Warnung."
„Sie haben keine Zeit zu verlieren, Commander. Jago schäumt vor Wut. Er gibt Waffen an die Muster aus."
„Was ist mit CaptainMboya?"
„Keine Ahnung. Angeblich hat er sich in der Werkstatt verbarrikadiert, zusammen mit dem Schotten. Kümmern Sie sich nicht um ihn! Jago will vorerst nur Sie."
„Ich verstehe."
„Viel Glück, Commander."
Sie hatte abgeschaltet. Ich tat es ihr nach. Dann überlegte ich. Von M 83 war nicht die Rede gewesen. Möglicherweise war Chesterfield bereits im Besitz meiner Nachricht, vielleicht saß er sogar schon hinter dem Übermittlerpult im Funkraum. Aber auf das Eintreffen der *Invictus* konnte ich nicht warten. Auf PANDORA war ich praktisch ein toter Mann.
Verdammt, im Raumkutter würde es kalt sein! Alle diese Arbeitsschiffe waren mangelhaft beheizt. Und am Ende mochte mich die Kälte zum Aufgeben zwingen.
Ich zerrte die Reisetasche aus dem Schrank und stopfte an warmem Zeug in sie hinein, was mir unter die Hände kam: Pullover, wollenes Unterzeug, den doppelt gefütterten Bordparka, halbhohe Stiefel.
Was brauchte ich noch, um in der Einsamkeit des Raumes die nächsten Tage zu überleben?

Ich stieß mit dem Fuß die Tür zu, ließ den elektrischen Riegel einschnappen – und während draußen ihr Wutgeheul ertönte, riß ich den Schrank aus seiner Verankerung und ließ ihn so vor die Tür kippen, daß er ein zusätzliches Hindernis darstellte.
M 83 hämmerte gegen die Tür.
„Aufmachen!"
Ich brachte Chesterfield in Sitzstellung.
„Wir kriegen Sie!" tobte M 83 im Gang. „Von PANDORA kommen Sie nicht runter! Wir erwischen Sie!"
Chesterfields Oberkörper kippte über meine Schulter. Die Berührung brachte ihn zu sich.
„Kümmern Sie sich nicht um mich, Sir!" murmelte er.
„Halt den Mund!" sagte ich.
Als ich mich aufrichtete, stöhnte ich vor Anstrengung. Der Junge auf meiner Schulter wog mehr als ich gedacht hatte.
Die Kammertür bebte unter wuchtigen Fußtritten. Früher oder später würde sie nachgeben. Ich mußte mich sputen.
Es mochte sein, daß wir trotz allem noch eine Chance hatten – falls Professor Jago nicht an den Raumkutter gedacht hatte. Es galt, die Schleuse zu erreichen, ohne auf dem Weg dorthin entdeckt zu werden.
Behutsam öffnete ich den Notausgang und spähte durch den Spalt. Das halbdunkle Treppenhaus war menschenleer. Ich zog die Tür vollends auf und zwängte mich mitsamt meiner blutigen Last hindurch ...
... ja, so war es gewesen.

Es kam nicht darauf an, den Schuldigen zu ermitteln. Aber es war wichtig, die Stationen der Entwicklung überblickt zu haben, um aus der Tatsache, daß man sich plötzlich im Allerheiligsten der Plattform befand und den Kopf nach einem Ausweg zerbrach, den richtigen Schluß zu ziehen.

Der Faden der Erinnerung, an dem sich meine erschöpften Gedanken durch die Tage und Wochen meines Wirkens als Ausbilder auf der Plattform PANDORA getastet hatten, endete wie abgerissen dort, wo ich nach gescheiterter Flucht vorübergehend Zuflucht gefunden hatte.

Gregor Chesterfield, den ich auf dem sargförmigen Gebilde gebettet hatte, unter dem sich mit der Bezeichnung *Mutterleib I* das Wunderwerk der modernen Computertechnik verband, die drahtlose Brücke zu den Zwillingen auf dem Kometkopf Cunningham, atmete schwer. Der Blutverlust zehrte ihn aus. Sein Gesicht hatte die Farbe von Wachs.

Bis hierher und nicht weiter.

Oder?

Mein Blick ruhte auf jener zweiten Tür, von der ich nicht wußte, wohin sie führte.

Der Junge stöhnte und phantasierte.

„Gib nicht auf!" redete ich ihm zu. „Bitte, gib nicht auf! Irgendwie werden wir es schon schaffen!"

Ich mußte mich durchschlagen zum Maschinenraum – dorthin, wo sich Captain Henry Mboya zusammen mit McBride verbarrikadiert hatte.

16.

Durch die Plattform ging ein Vibrieren. Das Triebwerk war erneut angesprungen – wahrscheinlich zum Zweck einer Kurskorrektur. PANDORA strebte der neuen Location zu. Professor Jago hatte keine Mühe gehabt, einen Ersatzmann für Captain Mboya zu finden. Wahrscheinlich würde er auch Ersatz finden für mich, um die astronautische Ausbildung zu Ende zu führen. Mr. Sappen, der neuerdings im Maschinenraum das Kommando führte, war ein ehrgeiziger Mann.
Gregor Chesterfield war nicht dazu gekommen, die *Invictus* zu verständigen.
Bevor ich mich aufraffte, um die Flucht fortzusetzen, überschlug ich unsere Chancen.
Sie waren miserabel.
Und wenn ich noch länger verschnaufte, waren sie gleich Null.
Früher oder später würden uns die Muster auch im

Allerheiligsten aufstöbern. Oder Professor Jago höchstpersönlich.

Außerdem drohte der Junge zu verbluten. Er mußte dringend verbunden werden.

Die hintere Tür war mit einer einfachen Klinke versehen. Ich drückte die Klinke nieder und stemmte mich gegen das Metall. Mit protestierendem Quietschen schwang die Tür auf. Als ich über die Schwelle trat, begann ein massives Stahlblech unter meinen Füßen zu dröhnen.

Nach einem halben Dutzend Schritte blieb ich stehen: am Rande eines Abgrundes. Ich hob den Kopf. Dort, wo der um die vier Meter im Durchmesser betragende Schacht in die Landeplattform einmündete, war er durch einen Lukendeckel aus Panzerglas geschlossen. Ich konnte die Plejaden sehen.

Von diesem Ausstieg hatte ich nie etwas gehört. Im übrigen war er nichts als eine trügerische Verheißung. Für uns, die wir über keine Raumanzüge verfügten, wäre er auch dann nichts wert gewesen, wenn es Mittel und Wege gegeben hätte, ihn zu erreichen.

Und wie sah es unten aus? Mein Blick verlor sich in undurchdringlicher Finsternis. In welchem Deck der Schacht endete, war nicht zu sehen. Man konnte es allenfalls vermuten. In der unbeweglichen Luft lag der bittere Geruch des alten Brandes.

Als ich niedergeschlagen kehrt machte, entdeckte ich plötzlich die Seilwinde, auf der bislang mein Schatten gelegen hatte.

Die Seilwinde erklärte alles. Durch diesen Schacht

waren die schweren Bauelemente einschließlich der Computerblöcke hinabgelassen worden. Die meisten Plattformen verfügten über eine solche Röhre.
Ich streckte die Hand aus. Das Seil ließ sich bewegen. Ich zog. Aus der Dunkelheit unter mir tauchte schwankend ein metallener Förderkorb auf. Ich fand einen Hebel, der wie eine Seilbremse aussah, und der Korb blieb vor mir schweben.
Ich mußte es darauf ankommen lassen.
Gerade, als ich mir Gregor Chesterfield erneut auf die Schulter lud, kamen sie durch die andere Tür. Zuerst erschien einer von Jagos Weißkitteln. Als er uns entdeckte, blieb er stehen und brüllte los:
„Ich hab' sie!"
Zwei Muster drängten sich an ihm vorüber.
Ich rannte durch die hintere Tür, ließ den Jungen in den Förderkorb plumpsen, sprang hinterher und löste die Bremse. Die Rollen begannen zu quietschen. Der Korb schwebte abwärts.
Die Fahrt durch die Dunkelheit schien eine Ewigkeit zu währen. In Wirklichkeit dauerte sie nur einige Sekunden. Der Korb setzte plötzlich hart auf. Ich sprang hinaus und zerrte den Jungern hinter mir her –
– und im gleichen Augenblick ging zwei Decks höher ein Handscheinwerfer an und hüllte uns und die Umgebung in kalkiges Licht.
Wir befanden uns auf der Sohle des Schachtes. Auch hier gab es einen Lukendeckel. Er war durch ein Handrad verriegelt.
Oben überschnitten sich die Befehle.

„Los, los! Hinterher!"
„Die anderen Suchtrupps benachrichtigen!"
„Sie wollen in den Maschinenraum! Warum hat das keiner vorhergesehen?"
„Steht nicht so rum! Schießt endlich! Schießt!"
Meine Hände schlossen sich um das Handrad. Wahrscheinlich war es so gut wie nie benutzt worden. Es widersetzte sich meinen Bemühungen. Warum war ich nicht Herkules! Wenn ich das Luk nicht aufbekam, saßen wir in diesem Schacht wie die Maus in der Falle. Ich ließ nicht locker. Ich keuchte. Ich warf meine letzten Reserven in die Schlacht.
Neben mir fraß sich mit widerwärtigem Knistern der erste Schuß in die Wand.
„Weiterschießen! Weiterschießen!"
„Die Kammer gibt nichts mehr her!"
„Ist das etwa unsere einzige Pistole? Wir brauchen eine andere Waffe!"
Ich spürte den Ruck, mit dem das Handrad nachgab, bis in die Rückenmuskulatur hinein. Plötzlich ließ es sich drehen, schneller und immer schneller. Der Riegel klappte auf. Ich stemmte mich gegen den Deckel. Er mußte etliche Tonnen wiegen, aber Zoll für Zoll bekam ich ihn auf.
Ich ging in die Knie, lud mir den Jungen auf die Schulter und zwängte mich in die Höhe. Die Beine wollten mich nicht länger tragen. Vor meinen Augen ballten sich schwarze Nebel. Wie mußte es erst dem Jungen gehen! Er war bei Bewußtsein, und das bedeutete, daß er litt.

„Wo sind wir?"
„Unterdeck. Nicht weit vom Maschinenraum."
„Bitte, Sir, lassen Sie mich ..."
Oben war die neue Waffe zur Stelle. Wieder kroch knisternd eine bläuliche Flammenspur über die Wand. Die Luft füllte sich mit dem giftigen Gestank von verschmorendem Metall.
Als ich mich durch das Luk zwängte, hörte ich ihr Wutgeheul.
Und noch vor wenigen Stunden waren sie meine folgsamen Schüler gewesen! Wie ein Narr hatte ich etwas in ihnen vorausgesetzt, was sie überhaupt nicht besaßen. Aber Narrheit war schließlich kein Verbrechen. Ein Verbrechen war es, was in den Laboratorien und Retorten geschah. Im Unterdeck kannte ich mich einigermaßen aus. Dies war Captain Mboyas Reich. Ein paarmal hatte ich ihn besucht. Zumindest wußte ich, wie man zum Leitstand gelangte. Bis zur Werkstatt waren es dann keine fünfzig Meter mehr.
Ich kam aus dem halbdunklen Seitengang hinaus auf die erleuchtete Galerie – und prallte zurück.
Professor Jago war umsichtig genug gewesen, auch hier einen Wächter aufzustellen. Nur fünf Schritt von mir entfernt, lehnte der falsche Elektriker an der Wand und hielt den Hörer des Haustelefons ans Ohr. Er wandte mir den Rücken zu.
„Hier ist alles ruhig", hörte ich ihn sprechen. „Captain Mboya hat bisher keinen Versuch unternommen, die Werkstatt zu verlassen ..."
Noch hatte mich der Dürre nicht bemerkt. Ich zog

mich in den Seitengang zurück und packte den Jungen so behutsam, wie es mir möglich war, auf die Flurplatten. Er stöhnte. Ich hielt ihm den Mund zu. Er begriff.
Solange der Dürre telefonierte, konnte ich es mir leisten zu verschnaufen. Im Augenblick war ich ihm nicht gewachsen.
Viel Zeit war mir nicht vergönnt.
„Durch welchen Schacht?" hörte ich den falschen Elektriker fragen. Und dann fügte er hinzu: „Verstanden!" und legte auf.
Er wandte sich um.
Und ich sprang ihn an.
Seine Augen verengten sich. Er griff in die Tasche. Als seine Hand hochkam, umschloß sie eine Waffe. Er fühlte sich zu sicher. Für ihn war ich lediglich der bezahlte Ausbilder. Durch welche Schulen und Schulungen ein Mann gehen mußte, bevor ihm das Kommando über ein Schiff unter den Sternen anvertraut wurde, davon hatte er keine Ahnung. Ich ließ es ihn spüren. Als er auf den Flurplatten lag, trat ich ihm die LPi aus der Hand. Der Tritt geriet zu heftig. Die Waffe schlidderte über das geriffelte Metall und entschwand in einem der Absauger.
Der Dürre betrachtete mich aus haßerfüllten Augen. Ich fluchte, stieg über ihn hinweg und nahm den Hörer ab. Die Nummer der Werkstatt war mir geläufig. Die Stimme, die sich meldete, war die von McBride.
„Ja?"
Ich packte den Hörer fester.

„Brandis. Sagen Sie dem Captain, er bekäme gleich Verstärkung. Vielleicht macht er mir schon mal die Tür auf."

McBride vergaß, daß Worte ein kostbares Gut sind, mit dem es zu geizen gilt. Es sprudelte nur so aus ihm heraus.

„Verdammt!" sagte McBride. „Es geschehen doch immer wieder Zeichen und Wunder. Als der Captain mit mir wetten wollte ..."

„Sorgen Sie dafür, daß Verbandszeug zur Hand ist!" unterbrach ich seinen erstaunlichen Redefluß. „Der Junge ist übel zugerichtet."

Ich rannte zu Chesterfield zurück und lud ihn mir für den Endspurt noch einmal auf die Schulter. Wo zwei hinter sicheren Barrikaden ausharrten, war auch für vier Platz. Und dann würde man weitersehen.

Der falsche Elektriker hatte uns um den Vorsprung gebracht. Auch die Muster verstanden sich darauf, eine Seilwinde zu bedienen. Im Schacht ließen sich ihre Stimmen vernehmen.

Ich pumpte meine Lungen voll Luft und rannte los. Irgendwo ging eine gepanzerte Tür auf. Ein schwarzes Gesicht zeigte sich. Dann wurde die Tür vollends aufgestoßen. Captain Mboya kam mir entgegengelaufen, um mich zu stützen.

„Halten Sie durch, Sir!"

Die Muster waren uns hart auf den Fersen.

Der falsche Elektriker tat plötzlich etwas höchst Ungewolltes. Er verschaffte uns ein paar zusätzliche Sekunden. Die Muster hielten bei ihm an.

„Läßt sich von einem Opa zusammenschlagen! Der Chef wird ihn zur Schnecke machen!" Das war die Stimme von M 97.
„Nehmen wir dem Chef doch die Arbeit ab!" Die Stimme war weiblich. Sie gehörte zu M 92. „Versager haben kein Recht auf Leben."
„Klar! Legen wir ihn um!" Die Feststellung kam aus dem Mund von M 81.
Gleich darauf schrie der falsche Elektriker auf.
„Nein!"
Was er sonst noch schrie, ging unter im wiehernden Gelächter der Muster.
Und Captain Mboya stieß mich über die Schwelle in die Werkstatt mit ihren stählernen Wänden, in diesen Raum, der wegen der Explosionsgefahr gepanzert war wie ein Bunker, und McBride fing den Jungen auf, bevor ich zusammenklappte.

Ein Geräusch, das ich auf PANDORA nie gehört hatte, brachte mich zu mir: ein gedämpftes Fauchen.
Eine ganze Weile noch weigerte ich mich, die Augen zu öffnen.
Einstweilen waren wir in Sicherheit.
Ich durfte es mir erlauben, noch eine Weile zu ruhen.
Andererseits: Auch belagerte Festungen hielten nicht ewig stand.
Was tun?
Mit vereinten Kräften einen Ausfall wagen – in der Hoffnung, die Kontrolle über den benachbarten Leitstand zu erringen?

Falls ein Ausfall Aussicht auf Erfolg gehabt hätte, wäre er von Captain Mboya – ich zweifelte nicht daran – längst unternommen worden.
Ich setzte mich auf.
Der Junge lag verbunden auf einer sauberen Wolldecke, und McBride war damit beschäftigt, ihm aus einem Metallbecher zu trinken zu geben.
Captain Mboya, der vor der Tür gestanden und gelauscht hatte, kam heran und setzte sich zu mir auf die Flurplatten.
„Er wird durchkommen. Die Wunde ist häßlich, und er hat viel Blut verloren. Aber er wird durchkommen. McBride ist die geborene Krankenschwester. Wer hat ihn so zugerichtet?"
„M 83."
„Dem Sie das Leben gerettet haben, Sir?"
„Sie und ich."
Captain Mboya schwieg eine Weile. Dann sagte er dumpf:
„Sie sehen aus wie Menschen. Aber sie sind keine. Und Jago hat das die ganze Zeit gewußt."
Ein Hämmerchen pochte draußen gegen die gepanzerte Tür. Ich wandte den Kopf.
Captain Mboya hob die Schultern.
„Sie sind dabei, die Tür aufzuschweißen. Ein hartes Stück Arbeit, das sie sich da vorgenommen haben. Es kann Tage dauern, bis sie durch sind."

17. *Auszug aus Martin Seebecks „Pandora-Report"*

In Peking, wo man stets darauf bedacht war, daß das militärische Gleichgewicht zwischen den beiden miteinander rivalisierenden Machtblöcken, den Vereinigten Orientalischen Republiken (VOR) und der EAAU, keine zum eigenen Nachteil gereichenden Veränderungen erfuhr, hatte man aus naheliegenden Gründen das Projekt Astralid von Anfang an mit Argwohn und Unbehagen verfolgt.

Eine ursprünglich für die Erforschung des Alpha-Zentauri-Archipels konstruierte unbemannte Raumsonde namens *Mandschu I* wurde zweckentfremdet und erhielt den Auftrag, zu einer bestimmten Zeit an einem bestimmten Ort die Bahn des Kometen Cunningham zu kreuzen und sich von ihm für eine Weile mitnehmen zu lassen.

Und so sahen die gläsernen Augen der VOR-Sonde die Annäherung ...

Das Raumquadrat, auf das die gläsernen Augen gerichtet waren, war leer: ruhige, gleichmäßige, kontur-

lose Schwärze. Alles, was das Bild beeinträchtigen konnte – bewegliche Himmelskörper, solare Reflexe, der Schimmer ferner Galaxien – blieb ausgespart.
Irgendwann schob sich in dieses fotografisch festgehaltene NICHTS ein glühender Stecknadelkopf.
Wollte man als Zuschauer erleben, daß der Punkt zu wachsen begann, mußte man viel Geduld aufbringen. Dann jedoch, als man sein Wachstum wahrnahm, wuchs er ungeheuer schnell. Der glühende Stecknadelkopf verwandelte sich in einen Glühkäfer, und in einer weiteren Metamorphose ward aus diesem ein mächtiger Klumpen aus Urgestein und Eis.
Der Kometkopf zog so dicht an der Späher-Kamera vorüber, daß man die Konstruktionselemente des Camps Astralid auf seiner narbigen Oberfläche erkennen konnte.
Mit etwas Phantasie konnte man sich einbilden, das Heulen der Sirene zu hören, die sich über dem ICN erhob, und hernach die metallisch-spröde Stimme des Leitcomputers *Mutterleib II,* der seine Schäflein, die Zwillinge, zusammenrief.
Die Stimme gab bekannt, daß an diesem Tag der Unterricht ausfiel.
„Statt dessen", fuhr die gebieterische Stimme fort, „führen wir im Gelände ein Manöver durch. Unsere Aufgabe wird sein, den Arbeitsroboter *Engineer 23* aufzuspüren, zu verfolgen und zur Strecke zu bringen ... Z 83, übernehmen Sie das Kommando!"
Z 83 unterdrückte ein Gähnen und bewegte lustlos die Beine. An diesem Morgen fühlte er sich schlapp

und energielos. Am Essen konnte das nicht liegen. Die Automaten hatten das übliche Frühstück ausgespuckt.

„Aye, aye, Sir!" erwiderte er. „Frage, Sir: Wenn wir ihn erwischen – sollen wir ihn dann fertigmachen?"

„*Engineer 23* wird ohnehin nicht mehr benötigt", bestätigte Mutterleib II. „Pardon wird nicht gegeben."

Zehn Minuten später rückten die Zwillinge aus.

Engineer 23 hatte eine deutliche Spur gelegt, und anfangs war es ein Kinderspiel, ihr zu folgen, aber allmählich wurde das Gelände schwieriger und die Spur undeutlicher. Über dem Eisfeld verlor sie sich ganz.

An jedem anderen Tag wäre das Manöverspiel ganz nach dem Herzen des Zwillings mit der Nummer 83 gewesen. Es machte Spaß, seine eigenen Kräfte und seinen Verstand an den Listen und Tücken eines flüchtenden Objektes zu messen. An diesem Vormittag jedoch litt er unter unerklärlichen Ermüdungserscheinungen.

Als ihn die Meldung erreichte, daß Z 80 schlappmachte, begann er zu fluchen.

„Natürlich – wieder einmal eine von unseren Damen!"

Als Truppführer war er dafür verantwortlich, daß seine Schar beisammenblieb. Z 83 machte stöhnend kehrt und kämpfte sich schlidternd über das Eisfeld dorthin zurück, wo Z 80 apathisch auf einem Stein hockte.

„Was ist los?" fragte Z 83 unwirsch.

„Kann nicht mehr", antwortete Z 80 mit einer Stimme, der die Erschöpfung anzumerken war. „Krieg keine Luft mehr."
Z 83 beugte sich über sie und überprüfte ihr Atemgerät. Das Gerät arbeitete tadellos, für die Atembeschwerden, über die Z 80 klagte, war es nicht verantwortlich. Z 83 seufzte. Er preßte sein Helmvisier gegen das ihre, um ihr ins Gesicht zu sehen. Und er erschrak.

18.

Irgendwann in der Nacht war ich, dem Fauchen der Schweißbrenner zum Trotz, eingeschlafen.
Gegen zehn Uhr wurde ich wach, und mein erster Gedanke galt dem Jungen. Aus irgendeinem Grunde fühlte ich mich für ihn verantwortlich. Und was heißt *Junge?* Gregor Chesterfield war ein erwachsener Mann mit einer nicht eben ruhmvollen Vergangenheit. Andererseits, den Jahren nach hätte er mein Sohn sein können, mein Junge. Als ich sah, daß er mit offenen Augen dalag, setzte ich mich zu ihm. Er rang sich ein Lächeln ab.
„Wird schon werden, Gregor", sagte ich.
„Muß", antwortete er.
„Bei der VEGA sind sie darauf spezialisiert, solche Wunden so kunstvoll zu bestrahlen, daß sie sich spurlos schließen."
Chesterfield ließ sich nicht einlullen.
„Erst mal müssen wir hier raus, Sir."
„Das ist das Problem", gab ich zu. „Wir haben's zu

tun mit Professor Jago, seinem Team und dreizehn mordgierigen Monstern."

„Uns wird schon etwas einfallen, Sir."

„Sicher", gab ich zurück, obwohl ich durchaus nicht davon überzeugt war.

Man hätte vieles tun können – damals, als noch Zeit war. Jago in Gewahrsam nehmen. Oder *Mutterleib* in die Luft sprengen. Nun jedoch war es für alles zu spät. Nicht zuletzt durch meine Schuld.

Nun konnten wir nur noch darauf warten, daß sie durch die Tür kamen. Oder darauf, daß sich ein Wunder ereignete.

McBride legte mir plötzlich die Hand auf die Schulter. Ich blickte auf. Er deutete hinüber zu Captain Mboya.

Captain Mboya stand vor der Tür, ein Ohr gegen den grauen Stahl gepreßt. Nach einer Weile wandte er sich uns zu.

„Sie haben aufgehört!" sagte er. „Ich höre nichts mehr."

Ich war so sehr in meine Überlegungen und Selbstvorwürfe vertieft gewesen, daß es mir nicht aufgefallen war.

Kein Fauchen mehr, kein Hämmern.

Vor der Panzertür war Stille eingekehrt.

Ich stand auf und stellte mich neben den schwarzhäutigen Chief.

„Wann haben sie aufgehört?"

„Vor ein paar Stunden schon, Sir. Erst dachte ich: Sie machen Pause."

„Und was schließen Sie daraus, Captain?"
„Keine Ahnung, Sir. Sie?"
Was sollte ich daraus schließen? Ich hatte geglaubt, die Muster zu kennen. Das war ein verhängnisvoller Irrtum gewesen. Sie dachten anders als ich. Sie empfanden anders als ich. Sie sahen nur so aus, als wären sie Menschen unserer Art.
Ich wußte die plötzlich eingetretene Stille nicht zu deuten.
„Keine Ahnung", sagte auch ich.
Captain Mboya sah auf die Uhr.
„Gleich elf", verkündete er.
„Wir warten bis Mittag", sagte ich.
„Einverstanden, Sir."
Er sah mich an.
„Schätze, wir haben keine andere Wahl. Wenn sie nicht hereinkommen, müssen wir irgendwann hinausspazieren."
McBride hatte stumm zugehört. Nun öffnete er einen der Werkzeugschränke und entnahm diesem eine Spritzpistole, einen Vorschlaghammer und eine gewaltige Brechstange.
Die Stange behielt er selbst. Den Hammer reichte er Captain Mboya.
„Besser als nichts", bemerkte er dabei.
Mir gab er die Spritzpistole.
„Sie ist mit Verdünnung gefüllt, Sir", klärte er mich auf. „Zielen Sie auf die Gesichter!"
Der wortkarge Schotte hatte den Ausbruch bereits geplant gehabt.

Falls die Muster die Schweißarbeit wiederaufgenommen hätten, wäre uns das nicht entgangen. Aber die befremdliche Stille vor der Tür hielt vor.
Um zwölf Uhr bedeutete ich Captain Mboya mit einem Kopfnicken, die Tür zu öffnen. Ein kleines Kraftwerk begann zu summen, als sich klirrend die armdicken Riegelbolzen in Bewegung setzten.
Ich war bestrebt, mich gelassen zu geben. Doch meine Gelassenheit war nur eine Maske. Ich trug sie, um den Jungen, der hilflos auf der Wolldecke lag, mit meinen Ängsten zu verschonen.
Ich schloß die Möglichkeit nicht aus, daß wir in eine Falle liefen.
Die Tür schwang langsam auf. McBride spähte hinaus und schüttelte den Kopf.
„Das Gerät ist zwar da ..."
„Aber die Muster?"
„Sie haben alles stehen- und liegenlassen."
Er trat beiseite, um mich hinauszulassen. Ich hielt die Spritzpistole schußbereit. Das Zeug, das sie enthielt, war nicht tödlich, aber wer den Strahl abbekam, war zumindest vorübergehend kampfunfähig.
Captain Mboya folgte mir: mit geschultertem Vorschlaghammer.
Im Gang sah es aus wie in Sodom und Gomorrha. Drei schwere Schweißgeräte waren in Betrieb gewesen. Ich warf einen raschen Blick auf die Tür. Sie war rußgeschwärzt. Die obere Plattenlage war bereits durchschnitten. Ein paar Stunden noch – und unser Bunker wäre sturmreif gewesen.

„Sir!"
Captain Mboya riß mich zurück.
Ich hatte das Muster fast im gleichen Augenblick erspäht. Es war eines der Frauen. M 80 saß auf einer der Azetylenflaschen – so starr und so unbeweglich, daß sie mir bisher nicht aufgefallen war.
Meine Hand mit der Spritzpistole fuhr in die Höhe. Und M 80 hob langsam, sehr langsam, den Kopf. Ich sah und spürte die Anstrengung, die sich mit dieser Bewegung verband.
Und meine Hand mit der Spritzpistole fiel wieder herab.
Ich brauchte nicht abzudrücken.
Das Muster, das da auf der Azetylenflasche saß, war kein Ungeheuer mehr, kein auf die Menschheit losgelassenes amoralisches Monstrum.
M 80 war eine sehr, sehr alte Frau: mit faltigem Gesicht, trüben Augen und zahnlosem Mund. Eine Greisin.
Ihre Lippen bewegten sich. Sie wollte etwas sagen. Aber dann seufzte sie nur und verschied. Sie starb wie eine zu welk gewordene Blume: ohne Kampf und ohne Qualen. Eben noch hatte in ihr die Flamme des Lebens gebrannt – und nun war das Feuer erloschen.
Captain Mboya sah mich an.
Ich hob die Schultern.
Was sich auf PANDORA zutrug, begriff ich genausowenig wie er.
„Weiter!" sagte ich.
Im Lift stießen wir auf M 83. Offenbar war er bestrebt

gewesen, Hilfe zu holen. Er war gestorben, bevor es ihm gelang, den Aufzug abfahren zu lassen.
Ich erkannte ihn nur an seiner Nummer. Als ich ihn zuletzt gesehen hatte, war er ein kraftstrotzender junger Mann gewesen. Doch nun lag er zu meinen Füßen als spindeldürres Hutzelmännchen mit schlohweißem Haar.
McBride vergaß, daß er ein sparsamer Mensch war. Er machte den Mund auf.
„Als mein Vater starb", sagte er, „sah er genau so aus. Er war neunundneunzig Jahre alt."
Captain Mboya schüttelte ungläubig den Kopf.
Wir hoben den Leichnam aus dem Lift und ließen uns dann von diesem aufwärts tragen zum D-Deck. Als wir den Aufzug verließen, waren es bis zum Funkraum nur wenige Schritte.
Die Flurplatten vibrierten, als das Triebwerk wieder einmal ansprang. Mr. Sappen war folglich an der Arbeit – und PANDORA unverändert unterwegs.
Am Ende des Ganges tauchte flüchtig ein weißer Kittel auf und zog sich sofort wieder zurück. Weit und breit war sonst kein Mensch zu sehen.
Von einem Tag auf den anderen hatte sich PANDORA in eine gespenstische tote Hülle verwandelt. Eine unerklärliche Lähmung hatte die Plattform befallen.
Die Tür zum Funkraum stand auf. Der Platz des Funkers war nicht besetzt. Im Lautsprecher zeterte die blecherne Computerstimme von *Mutterleib II:*
„Zwilling an Muster! Zwilling an Muster! ... Frage:

Wo liegt der Fehler? Wiederhole: Wo liegt der Fehler?"

Captain Mboya griff über das Übermittlungspult und schaltete den Lautsprecher ab.

„Sieht aus, als hätten sie auf dem Cunningham die gleichen Probleme, Sir", bemerkte er.

„Es sollte mich nicht wundern, Captain", gab ich zurück. „Die Abnabelung hat schließlich noch nicht stattgefunden."

Ich wandte mich an McBride.

„Können Sie mit dem LT umgehen?"

Er nickte.

„Schön", sagte ich, „machen Sie sich noch einmal nützlich. Eine Durchsage an die *Invictus!* Wir halten Kurs Tango Alpha Romeo."

McBride rang sich zu einer Bestätigung durch.

„Tango Alpha Romeo."

„Drei Wörter!" bekräftigte ich. „Unterschlagen Sie keins!"

Er sah mich an, als hätte ich ihn beleidigt. Dann setzte er sich hinter das Gerät.

Als Captain Mboya und ich weitergingen, blieben die Spritzpistole und die Axt zurück. Was immer sich auch an diesem Vormittag auf PANDORA zugetragen hatte –: es war endgültig.

Nach ein paar Schritten stießen wir auf ein weiteres Muster. Unweit der Stelle, wo vor Wochen der unvorsichtige Elektriker gestorben war, lehnte M 88, die sich damals über seine Zuckungen halbtot gelacht hatte, in einer Telefonnische, den summenden Hörer

noch in der Hand. Als ich sie anrührte, ließ sie den Hörer fallen und sank in sich zusammen. Dabei verlor sie den Helm. Ich blickte auf den fast kahlen Schädel einer Hundertjährigen.
Captain Mboya stieß den Helm mit der Fußspitze aus dem Weg.
„M 88!" sagte er angewidert. „Sie war eine der Schlimmsten."
„Es war nicht ihre Schuld", erwiderte ich. „Und nun ist es ohnehin nicht mehr wichtig."
Captain Mboya schüttelte den Kopf.
„Daß Menschen so rasch altern können! Verstehen Sie das, Sir?"
Auf einmal glaubte ich zu wissen, was sich zugetragen hatte. Ich stieß Captain Mboya an.
„Schnell! Kommen Sie!"
„Wohin, Sir?"
„Zur Mensa!"

Wir stürzten über die Schwelle und blieben wie angewurzelt stehen. Das Bild, wußte ich, würde ich nie vergessen.
Den Mustern mußte es gedämmert haben, daß mit ihnen etwas nicht in Ordnung war, und zehn von ihnen hatten sich bis in die Mensa geschleppt. Und dort waren sie dann – nach dieser letzten gewaltigen Kraft- und Willensanstrengung – gestorben.
Ich blickte auf ihre eingefallenen Gesichter. Der Ausdruck war friedvoll. Der Tod war ein Tod ohne Schrecken und Qualen gewesen: ein sanftes Ent-

schlummern, als sich die biologische Kurve ihrem natürlichen Nullpunkt näherte.
Der Verstand weigerte sich, die Tatsache anzuerkennen. Aber sie bestand. Die Muster hatten alles gehabt, was ein Menschenleben ausmacht: Kindheit, Jugend, Reife und Alter. Ein Menschenleben aus der Retorte. Menschen wie Eintagsfliegen.
„Es mußte sein."
Ich blickte auf.
Dr. Benzingers Assistentin saß auf dem Schemel neben dem Rezeptator und stützte ihr Gesicht auf die Hände. Ich sah das Entsetzen in ihren Augen – das Entsetzen darüber, was sie angerichtet hatte.
„Warum haben Sie es getan, Olga?" fragte ich leise.
„Wegen Dr. Benzinger?"
Sie wiegte ein wenig den Kopf.
„Doch ja, auch wegen Dr. Benzinger."
„Aber das war nicht der Hauptgrund?"
„Ich wollte Ihnen helfen, Commander. Ich wollte uns allen helfen. Es gab keinen anderen Weg. Ich tat es heute früh, als ich den Morgentrunk ausgab."
Ich warf einen Blick auf den Rezeptator.
„Sie verringerten die Antigerontin-Dosis?"
Sie weinte lautlos. Sie weinte, ohne zu schluchzen. Aber die Tränen liefen ihr über das Gesicht.
„Ich ließ es völlig weg."
Ich fürchtete, Olga Orlow würde zusammenbrechen. Sie hatte viel Mut aufbringen müssen, um zu tun, was sie getan hatte, und nun war sie am Ende ihrer Kraft. Sie hatte das Projekt Astralid zerstört und trug schwer

an der Schuld. Ich wollte ihr einen Arm um die Schulter legen, um sie zu stützen, um sie zu trösten, um ihr zu danken.
Aber Captain Mboya hatte das bereits getan. Er hatte seinen Arm um Olga Orlows Schulter gelegt und redete beruhigend auf sie ein.
„Es ist ja vorbei, Olga. Nicht weinen. Alles wird gut werden. Nicht weinen!"
Hinter meinem Rücken brach jemand in ein Höllengerlächter aus.
Ich fuhr herum.
Professor Jago stand mitten in der Mensa.
Als er irgendwann eintrat, hatte ich es nicht bemerkt. Was Olga Orlow uns anvertraute, hatte er mitangehört. Sein Blick wanderte hin und her, hin und her: von Olga Orlow zum Rezeptator, vom Rezeptator zu den toten Mustern – und dann erneut zu Dr. Benzingers Assistentin, die seinem Lebenswerk den Todesstoß versetzt hatte. Und die ganze Zeit über lachte er hysterisch.
Als ich seine Augen sah, wußte ich Bescheid.
Wahrscheinlich war er schon früher krank gewesen. Dr. Benzinger hatte es angedeutet. Aber nun hatte Professor Jago vollends den Verstand verloren. Er war wahnsinnig.
Sein Lachen ging über in ein krampfhaftes Schluchzen, und dann setzte sich Professor Jago zwischen seine toten Muster auf die Flurplatten und fing an zu brabbeln.
„Meine Gene, deine Gene – keine Gene ..."

Olga Orlow war aufgesprungen.
Auch von Professor Jago ging keine Gefahr mehr aus. Es gab das Projekt nicht mehr, und PANDORA war wieder die verschlossene Büchse. Die Welt durfte aufatmen – aber wahrscheinlich tat sie es nicht, sondern ließ es zu, daß bereits ein anderer zum nächsten welt- und menschheitsbedrohenden Experiment schritt ...
Ich nickte Dr. Benzingers Assistentin zu.
„Professor Jago braucht ein Bett und sehr viel Ruhe", sagte ich. „Würden Sie sich darum kümmern?"
Olga Orlow wischte sich eine Haarsträhne aus der Stirn.
„Ich glaube, eine neue Aufgabe wird mir guttun, Commander", erwiderte sie.

19. *Auszug aus Martin Seebecks „Pandora-Report"*

Mandschu I, die VOR-Sonde, „schlummerte". Sie hatte sich dem Cunningham-Kometen ins Genick gesetzt und ließ sich von ihm mitschleppen, was ihr erlaubte, Treibstoff zu sparen.
Die Sonde war ausgerüstet mit einem in Japan gebauten elektronischen Verstand. Mehr als eine Million Verhaltensweisen, in tausendmal mehr Modellversuchen durchgespielt, waren darin gespeichert.
Der Cunningham spürte nichts von dieser Laus in seinem Pelz. Unbeirrt zog er seine Bahn durch das System der Milchstraße. Irgendwann erwachte die schlummernde Sonde zu neuer Aktivität. Sie entsann sich ihrer ursprünglichen Aufgabe, Erkundung des Alpha-Zentauri-Archipels, und schwebte auf.
Ein letztes Mal umkreiste sie, knapp über dem Boden fliegend, den Kometkopf, und ihr gläsernes Kameraauge tastete das Gelände ab.
Camp Astralid lag wie ausgestorben. Nichts rührte sich darin. Auf der Rampe stand ein startklares

schnelles Schiff, aber von einer möglichen Besatzung war weit und breit nichts zu sehen.
Zwischen den Felsen lag ein ramponierter Arbeitsroboter vom Typ *Engineer*.
Die Sonde ließ ihr Triebwerk anspringen, um wieder auf eigenen Kurs zu gehen. Und zugleich übertrug sie die Bilder, die sie aufnahm, an ihre Leitstelle im fernen Hongkong.
Der Feuersturm des Triebwerks brachte das Geröll in Bewegung und ließ hier und da das Eis schmelzen.
Aus einem Eisfeld löste sich so etwas wie eine menschliche Gestalt, und das Auge der Kamera richtete sich auf ein mumifiziertes Greisengesicht.
Einen Atemzug später war das Eis wieder glatt und dicht.